CLEO TOMS

La magia delle #piccolecose

Romanzo

Rizzoli

ISBN 978-88-17-09233-3

Prima edizione: aprile 2017

Illustrazioni: © Damiano Groppi

La magia delle #piccolecose

A voi mermaids,
che sapete emozionarvi
con la frase di un libro
e con il verso di una canzone.

1

Milano, 12 settembre

Sono nella mia camera e fuori c'è una mattina azzurra di fine estate.

Mentre mi preparo ascolto la musica, come sempre. Lascio la riproduzione casuale così che ogni canzone possa essere una sorpresa, e io adoro le sorprese. Canticchio solo con il labiale *Problem* di Ariana Grande, mi sistemo i capelli e aggiungo un altro strato di mascara sulle ciglia.

Mi guardo allo specchio, mi guardo negli occhi. Oggi è il primo giorno di scuola del quarto anno di liceo e la verità è che sarà tutto diverso.

Mi sono messa i miei pantaloni preferiti, neri e a vita alta. Hanno solo due strappi sulle ginocchia e li ho scelti perché mi fanno sembrare più snella e slanciata. Avrei voluto abbinare un crop top lilla, ma immaginando già mia madre e il suo solito "Ma vai a scuola vestita così?", ho scelto una semplice maglietta bianca con maniche e colletto neri.

Prendo lo zaino per controllare se ho messo almeno l'astuccio e un quaderno, ma improvvisamente mi blocco proprio mentre sto aprendo la zip della tasca esterna.

Little Things.

Era da tanto che non la ascoltavo. Solitamente quando faccio partire la riproduzione casuale scelgo una delle mie playlist preferite: cento per cento canzoni spensierate, zero pensieri. Di certo non quelle a cui sono legati ricordi difficili da affrontare.

Ci sono cose che non puoi controllare. Una di queste, forse quella che odio e amo di più allo stesso tempo, è il brivido che ti corre lungo la schiena e che ti fa capire che non sei indifferente a ciò che sta succedendo, anche se non lo vuoi dare a vedere. Ma non posso nemmeno controllare l'istinto che mi fa correre al telefono, sbloccarlo e spegnere immediatamente la musica.

Ora c'è silenzio.

Sospiro. Come se avessi sventato un pericolo.

Torno allo specchio e mi guardo: okay, sono pronta per uscire.

Non manca molto alla prima campanella dell'anno e devo sbrigarmi. L'unica cosa positiva di questa giornata è che potrò rivedere i miei amici, abbiamo tutta l'estate da raccontarci: io sono stata spesso via da Milano, e anche Gabriel e Bianca sono stati impegnati tra vacanze e avventure estive. Oggi si torna alla routine.

Certo, l'anno scorso ero "la ragazza nuova", conoscevo poco Milano, non avevo mai visto la scuola, i miei compagni e i professori. Adesso invece ho due amici di cui posso fidarmi ciecamente, anzi sono sicura che il sorriso di Gabriel sarà così contagioso da farmi passare tutti i pensieri che ora mi stanno appesantendo la mente.

Ma la verità è che quest'anno sarà tutto diverso perché Gemma è partita.

Non ci siamo più viste né parlate dall'ultimo giorno di scuola, da quel pomeriggio sul ponte dei Navigli in cui in pochi minuti ho vissuto tutte le emozioni di una vita intera. Finalmente avevo trovato il coraggio di affrontarla chiedendole una spiegazione per il suo comportamento così ostile e lei mi aveva sorpreso baciandomi per la seconda volta. Un istante meraviglioso e sconvolgente, proprio come quella sera al concerto degli One Direction, quando Gemma aveva rimescolato completamente le carte nella mia mente. Quel bacio mi aveva riempito il cuore di speranze, però un attimo dopo ero tornata violentemente sulla Terra con la notizia che stava per trasferirsi per un anno a New York. «Non ho voluto raccontarlo a nessuno» mi aveva detto. Guardandola allontanarsi ero rimasta sul ponte con le cuffiette nelle orecchie ad ascoltare *Little Things*, la nostra canzone, piangendo di gioia e di rabbia insieme. Avevo in mano tutto ciò che desideravo, non avevo in mano niente.

Lo so adesso e lo sapevo allora: lei è fatta così ed era stata molto chiara sul fatto che aveva voglia di cominciare questa nuova avventura senza lasciarsi niente alle spalle. Non c'è da stupirsi che non mi abbia voluta all'aeroporto quando è partita o che non si sia mai più fatta sentire in nessun modo da allora.

Sono certa che adesso lei sarà totalmente immersa nella sua nuova vita, così diversa dalla mia che non riesco nemmeno a immaginarla. È a New York, con davanti una strada infinita da percorrere, per quale ragione dovrebbe ricordarsi di me? Mentre io da quel giorno di giugno non riesco a smettere di pensarla.

Desidero così tanto parlare con lei, solo che non ho ancora trovato il coraggio di cercarla.

Oggi in classe sarà strano vedere il suo banco vuoto, mi peserà tantissimo la sua assenza perché dentro di me sento che la questione con Gemma è ancora aperta.

Di certo so che non riesco più ad ascoltare le canzoni degli One Direction, ne ho avuto la prova pochi minuti fa, e solo ora che intorno a me c'è silenzio mi rendo conto che sulle pareti ci sono ancora tre o quattro poster delle mie band preferite dell'anno scorso: li avevo attaccati a settembre quando io e la mamma siamo arrivate in questa casa e in realtà è da un po' che penso che vorrei toglierli, però non l'ho ancora fatto. Forse in fondo sono legata fin troppo a queste canzoni, alle emozioni che ho provato.

Sento mia mamma che mi chiama dal corridoio: «Luna, sei pronta?».

«Sì, ci sono, un minuto e arrivo!»

«Hai visto che si sta facendo tardi? Dai, vieni a fare colazione.»

«Eccomi eccomi, prendo lo zaino.»

Tutto è pronto, ma sono io che non mi sento realmente pronta, per questo indugio ancora un attimo in camera, come se fuori di qui mi aspettasse un nuovo viaggio che mi affascina ma mi fa anche un po' paura.

Guardo fuori dalla finestra: è una bellissima giornata di sole. Prendo un respiro profondo, afferro lo zaino e rimango solo un istante sulla soglia.

Butto l'ultimo sguardo alla stanza prima di uscire e quello che vedo è il disordine: c'è qualche vestito per terra, dei libri che il mio gatto Salem ha fatto cadere e io non ho più raccolto. Prendo un appunto mentale sulla necessità di sistemare la camera e mi riprometto di fare mille cambiamenti. Ho avuto tutta l'estate a disposizione e non ho fatto niente, ma ora che inizia un nuovo anno scolastico mi sembra di poter cambiare ciò che voglio, aggiustare tutto quello che l'anno scorso non è andato come avrei voluto.

Guardo il casino che regna sulla mia scrivania e mi accorgo che lì in mezzo ci sono anche degli acquarelli e dei disegni sparsi, abbandonati. Per tutti questi mesi ho cercato di tenermi occupata per distrarmi dall'idea che Gemma stesse lasciando Milano per un anno intero, ecco perché non ho disegnato molto. Non avevo la testa, non sarei mai riuscita a concentrarmi. Mi sono limitata a fare qualche schizzo a matita, senza neanche utilizzare i colori, e li ho tutti raccolti in una cartellina azzurra che ora si trova per terra, di fianco al letto. Conosco il contenuto e il significato di quegli scarabocchi e preferisco non averli più a portata di mano, o anche solo di sguardo.

«Lunaaaa!»

Afferro la cartellina e la spingo velocemente in fondo a un cassetto.

Per me il disegno è anche un modo per guardarmi dentro, e forse la verità è che ultimamente non ho avuto nessuna voglia di farlo.

2

Milano, 12 settembre

Mentre usciamo da scuola Gabriel mi dice: «Hai visto che ci hanno dato i compiti già il primo giorno? Che ti dicevo?».

«Guarda, non ci credo!» gli rispondo. «E siamo ancora in quarta, pensa l'anno prossimo che abbiamo la maturità!»

«Però non vale, io volevo le vacanze estive più lunghe! Mi sono divertito tantissimo!»

«Eh ci credo, sei stato tutta l'estate al mare, e ora voglio sapere ogni dettaglio.»

«Ma infatti Luna, preparati perché ti devo raccontare un sacco di cose!» mi fa lui prendendomi sottobraccio, e mi dice: «Senti, voglio portarti in un nuovo bar che ho visto qui vicino, c'è stato già un mio amico e ha detto che si mangia molto bene».

«Sì, sì, tanto ho già avvisato mia mamma che avrei passato tutta la giornata con te.»

Appena entriamo noto che il bar è pieno di oggetti particolari e poltrone colorate, e il pavimento è di cemento grigio, tra l'industriale e il vintage. Ci sediamo in uno dei tavolini del giardinetto esterno e ordiniamo dei tramezzini: bresaola, grana e rucola io, avocado e salmone lui.

Gabriel si mette comodo, appoggia la borsa e si toglie gli occhiali da sole, poi sospira ridendo: «Sì, è carino qui, quest'estate in Romagna però era meglio!».

A vederlo così, con il suo sorriso e la sua positività, non mi interessa più del primo giorno di scuola o del fatto che sono già così stanca: Gabriel mi fa sempre stare bene. Ovviamente sono anche curiosa di quello che ha da raccontare, visto che mentre parla s'illumina di felicità e come sempre il suo entusiasmo mi contagia.

Con un sorriso malizioso comincia: «Quest'estate è stata molto interessante, diversa dalle altre» annuncia facendo un po' il misterioso, e io questa suspance davvero non la reggo più: «Ma dai, dimmi cos'è successo! Mi hai fatto morire di curiosità! Guardavo le tue foto su Instagram e intuivo qualcosa, ma questa tua fissazione che bisogna dire le cose importanti faccia a faccia non l'ho mai capita. Mi hai fatto stare sulle spine per tutto questo tempo».

«Be', ora capirai che ne è valsa la pena, sei pronta?» si sistema sulla sedia e schiarisce la voce. «Allora, hai presente la casa dei miei a Riccione, no? Ci andiamo tutti gli anni, ogni volta ritrovo gli stessi amici da quando ero piccolo ma quest'anno alla compagnia si è aggiunto un ragazzo nuovo.»

«Oddio, davvero? Come vi siete conosciuti? Ma siete solo amici?» Lo guardo sapendo già la risposta all'ultima domanda che gli ho fatto.

«Ci siamo conosciuti al mare e praticamente dal primo momento in cui l'ho visto mi sono dimenticato di Zac così, all'istante!»

Okay, Gabriel sicuramente starà esagerando, ma non posso fare a meno di notare come per lui sia stato facilissimo scordarsi una persona e trovarsi subito con un'altra.

Lui continua con gli occhi a cuore: «Sì, sì, dal primo momento! Secondo me è stato un colpo di fulmine, che poi io neanche ci credevo ai colpi di fulmine, ma quando l'ho visto mi sono dimenticato di tutto e di tutti e ho detto solo: "Lo devo conoscere!". Per fortuna non è stato difficile perché lavorava come bagnino proprio nella mia spiaggia. Alla fine è stato lui a chiedermi di uscire qualche giorno dopo esserci presentati. Io sono anche rimasto sorpreso perché di solito non ho problemi e sono sempre io a fare il primo passo, invece questa volta mi sono sentito quasi in imbarazzo! Comunque siamo stati benissimo e da lì abbiamo continuato a uscire sempre insieme, poi una sera siamo rimasti noi due in spiaggia. Non so neanche bene come descriverlo, è stato magico! Siamo stati lì tutta la notte ad abbracciarci, a parlare, ci siamo baciati quando era quasi l'alba e da quel giorno non ci siamo più lasciati».

Mentre ricorda quei momenti ha un'aria rapita, quasi incredula, ma poi gli torna il solito sorriso: «La cosa bella è che non è stata un'avventura estiva, continuiamo a sentirci. Insomma, stiamo insieme e ci vedremo presto».

«Ma che bello! Ora però voglio sapere qualcosa in più su di lui, quanti anni ha? E soprattutto come si chiama?»

Gabriel mi risponde subito come se stesse recitando una filastrocca: «Diciotto, è di origine brasiliana: mamma italiana e papà di San Paolo. Ha la pelle ambrata, i capelli scuri lisci e gli occhi chiari: un figo! Si chiama Diego e sta a Riccione».

È incredibile vedere il tono con cui Gabriel lo descrive, com'è fiero di averlo conquistato. «I suoi occhi sono stati la prima cosa che ho notato quando l'ho incontrato, si vedono lontano chilometri perché fanno contrasto con la pelle bruna: sono chiarissimi, grigi. E poi ha un carattere splendido, è molto simpatico, estroverso. Ci siamo trovati subito e secondo me voi due andreste d'accordissimo, prima o poi te lo devo far conoscere!»

«Certo! Sono felice per te, davvero!»

In realtà, dopo il racconto di Gabriel, mi sembra di aver visto Diego con i miei occhi, di essere stata anch'io lì con loro.

Lui continua: «Devo dire la verità, all'inizio non capivo bene, Diego aveva sempre un milione di ragazze intorno, anche le mie amiche erano tutte mezze innamorate di lui». E mentre parla sorride trionfante, come dire: tanto alla fine ho vinto io!

«Cavolo, e adesso come fai?» gli chiedo io. «Ti manca? Vi sentite tutti i giorni?»

«Certo! E poi te l'ho detto, vogliamo rivederci al più presto. Te lo giuro, ci sto mettendo proprio tutto me stesso in questa cosa perché è la prima volta che vedo dalla parte dell'altro un interesse che continua nel tempo, abbiamo un sacco di cose da dirci, ogni volta che ci sentiamo è una sorpresa.»

Non avevo mai visto Gabriel tanto sicuro di una storia.

Mi guarda deciso: «Andrà tutto bene, chi se ne frega della distanza, noi l'abbatteremo perché ci teniamo così tanto che faremo di tutto per vederci il più possibile!».

Sicuro e sognatore, vorrei essere anch'io come lui, sentirmi così coraggiosa verso una relazione a distanza, anche se la lontananza che c'è adesso tra me e Gemma è tanto ampia che mi fa paura, da Milano a New York, con un intero oceano che ci divide. E poi c'è un piccolo particolare: Gabriel e Diego si sentono tutti i giorni, io non parlo con Gemma da tre mesi.

Come se mi leggesse nel pensiero, Gabriel mi guarda dritto negli occhi e mi chiede: «E tu invece cosa ne pensi delle relazioni a distanza? Mi sa tanto che anche tu hai avuto occasione di riflettere su questo argomento ultimamente».

«Be', dopo l'ultimo giorno di scuola io speravo che a un certo punto Gemma avrebbe cambiato idea, o comunque che le sarebbe venuta voglia di sentirmi, di cercarmi, e che sarebbe stata disposta a continuare a tenerci in contatto anche solo con una telefonata, un messaggio, invece niente. Lo sai, no? Praticamente lei ha voluto proprio tagliare tutti i ponti con me.»

«Sì, Gemma sa essere molto drastica a volte. Ma tu come l'hai presa?»

«Per me è stato veramente stranissimo, ho capito che è il carattere di Gemma ma non me l'aspettavo fino a questo punto. Quando addirittura ha invitato solo te a salutarla in aeroporto ho capito che forse davvero stavo sperando in qualcosa che non poteva accadere, che devo smettere di pensare a lei e basta.»

Gabriel guarda in basso e non ha più il suo bel sorriso. Quando alza gli occhi a incontrare i miei ha l'aria seria e dispiaciuta: «Tu cosa provi per lei adesso?».

«Gabriel, perché dovrei mentirti? Io so bene cosa provo per lei fin da quando ci siamo baciate a Londra al concerto degli One Direction, e anche se vorrei dimenticarla, dentro di me non ho chiuso la questione. Anche perché non abbiamo più parlato. Ecco, la cosa che vorrei davvero è proprio questa, poterle dire come mi sento. Ogni volta che io e lei abbiamo avuto un confronto non sono mai stata chiara al cento per cento, ero sempre sopraffatta un po' dall'emozione e un po' anche dal fatto che non la conoscevo completamente, non sapevo come avrebbe reagito.»

Gabriel scuote la testa: «Gemma è fatta così: non è facile per lei aprirsi con le persone».

«Lo so, e forse è una cosa strana, non so se è capitato anche a te con Diego: anche se non la capisco o non la conosco come vorrei provo comunque un sentimento forte nei suoi confronti e non posso negarlo a me stessa.»

«Okay, Luna, però se vuoi qualcosa, se a te piace tanto una persona e vuoi dirglielo» spara Gabriel, «non devi stare a sentire quello che dice lei. Cioè, se Gemma ti chiude la porta in faccia ma tu la vuoi aprire, fallo, perché è quello che provi tu che conta, no? Poi vedrai come sarà la sua risposta, ma finché non ci provi non potrai mai saperlo.»

Mi prende una mano e mi guarda dritto negli occhi mentre continua: «Visto che si tratta di qualcosa di forte che non ti ha lasciata per tutti questi mesi estivi, se non sei riuscita a distrarti e continui a pensarci, secondo me tu devi risolvere questa cosa, ci devi provare. Perché non le scrivi o cerchi di sentirla? Magari lei si aspettava che fossi tu a fare il primo passo».

Arriva il cameriere con i nostri frullati: cioccolato e lamponi per me, naturalmente (visto che non posso vivere senza cioccolato!) e fragola e banana per lui. Questo fa un po' sciogliere la tensione e Gabriel riparte con un tono allegro e ironico, come se avesse scordato tutti i discorsi di due minuti fa.

«Ma almeno quest'estate, mentre pensavi a distrarti, hai disegnato? Com'è che non hai più pubblicato niente su Instagram? Cos'è, ti sei voluta tenere tutto per te?»

«No, in realtà ho disegnato poco, le uniche volte in cui mi decidevo a prendere in mano la matita o la penna e a fare uno schizzo sul foglio piombavo dritta nei miei pensieri e venivano fuori cose che non volevo. Mi sono ritrovata anche a disegnare su foglietti volanti, su post-it o mentre facevo i compiti delle vacanze, era come se non potessi farne a meno, ma poi mi bloccavo e mettevo via tutto. È stata una cosa assurda, una sensazione che mi arrivava dritta allo stomaco. Comunque non ho concluso un granché e, soprattutto, non ho usato i colori come mi avevi consigliato tu.»

Gabriel si scuote il ciuffo biondo con aria serissima e comica allo stesso tempo e mi dice: «No, no, no, qua la situazione è tragica, abbiamo superato il limite, tu adesso devi venire con me al corso di disegno! Io in tre anni ho imparato tantissimo e non c'è posto migliore per ritrovare l'ispirazione e migliorare sempre di più».

«Ma io non sono brava come te, non conosco tante tecniche, non credo proprio di essere all'altezza di fare addirittura un corso.»

«Ma va'! Guarda che un corso è un corso, è fatto apposta per imparare. Vedrai come ti diverti, apri un po' la mente, conosciamo nuove persone!»

«Dai ci penso, non lo so.» La mia solita insicurezza mi frena.

Abbiamo finito il frullato e siamo pronti ad andare. Gabriel mi precede all'uscita e noto che davvero l'estate sembra averlo cambiato: è più sicuro di sé, come se fosse cresciuto... Lo guardo mentre cammina verso la porta con i suoi pantaloni grigi a vita alta abbastanza larghi, il risvoltino e una maglietta color giallo ocra, le All Star con le borchie argento. Non è semplicemente vestito in modo diverso da prima, adesso Gabriel appare per quello che è e rivela tutto quello che ha sempre voluto mostrare di sé. Il suo sorriso è sereno, lo vedo molto positivo e sono felice per lui.

Arrivato alla porta si volta, mi cede il passo e mi dice semplicemente: «Vabbe', dai, allora giovedì prossimo alle cinque ti passo a prendere e andiamo insieme al corso».

3

Milano, 20 settembre

Il pallino di chiamarla mi è venuto leggendo *Twilight*. Sono rimasta sveglia fino a tardi senza riuscire a smettere, anche se avrei dovuto dormire. Gabriel me l'aveva prestato a giugno, dopo aver scoperto che io non avevo mai né letto né visto nessun libro o film della saga: lo ha considerato un sacrilegio, anche perché è la sua storia preferita, ma io l'ho conservato per tutta l'estate senza nemmeno aprirlo. Forse non ero pronta per iniziare a leggere le avventure di due innamorati smielati e romantici!

Non so perché negli ultimi giorni questo romanzo mi abbia attirata più del solito, fatto sta che sono incollata alle pagine da qualche ora e sono arrivata al punto in cui Bella decide di affrontare Edward e chiedergli una volta per tutte se lui è davvero un vampiro. Bella non si accontenta di riflettere tra sé e nemmeno delle ricerche che fa: vuole un confronto diretto e non ha paura della verità.

Non riesco a smettere di leggere, parola dopo parola. Intanto non posso fare a meno di pensare a Gemma e a Gabriel che l'altro giorno mi diceva: «Chiamala, buttati!».

La mamma è a una cena di lavoro e non è ancora tornata a casa, io mi sono cucinata qualcosa e poi mi sono messa a vedere la tv e a leggere, sono stata tranquilla a fare le mie cose. Mi sembra la sera giusta. Ora sono a letto in pigiama, ho acceso solo la lampada del comodino e le lucine di Natale sopra il letto che decorano la stanza. Salem sta acciambellato ai miei piedi, gioca un po' con il lenzuolo e fa le fusa. Guardo l'ora, mi accorgo che è tardi, è mezzanotte, e mi dico: «Devo chiamarla. Voglio sentirla». Ma non passano due secondi che, come ogni volta, inizia a salirmi l'ansia e non so più cosa fare.

Decido di prendere il cellulare, apro la chat con Gemma e scrivo: «Ciao Gemma, come stai?», ma subito cancello.

«Ehi, dobbiamo parlare, ti chiamo.» No, neanche questo va bene.

Potrei parlare di Gabriel per introdurre il discorso, oppure chiederle prima di New York?

Sto per scrivere il messaggio per l'ennesima volta dopo aver continuato a cancellare e a cambiare le parole, tutta questa indecisione mi innervosisce troppo e presa dall'emozione decido di chiudere la chat e chiamarla direttamente. Non voglio più avere davanti agli occhi il suo ultimo messaggio di giugno, che diceva solo: «*I'm in love with you and all your little things*».

Senza neanche accorgermene ho già fatto partire la chiamata. Il suo telefono squilla ma lei non risponde. Dopo poco sento il segnale di occupato che parte quando qualcuno chiude la chiamata.

Gemma mi ha messo giù.

Appoggio il telefono sul comodino guardando nel vuoto e mille pensieri iniziano a riempirmi la mente: ecco, ho fatto male a chiamarla, non dovevo, perché ho ascoltato Gabriel? Ero sicura che lei non volesse più sentirmi. Forse è solo il fuso orario? Che ore sono a New York? Ma perché voglio prendermi in giro? So perfettamente che lei dopo questa chiamata mi avrà già bloccata ovunque. E io che ci speravo, ma in cosa?

Sono in panico perché non mi aspettavo questa reazione, forse ero come convinta che, siccome mi ero decisa a chiamarla, tutto sarebbe andato come volevo, un po' come nei film. Sto per spegnere la luce e andare a dormire per non pensarci quando suona il cellulare: una richiesta di videochiamata.

Sussulto, sono agitata, non so cosa fare. Involontariamente mi sistemo i capelli e la maglietta e solo quando sto per rispondere mi rendo conto di essere in pigiama. Aiuto!

La chiamata inizia e sul mio schermo compare una ragazza con i capelli neri e boccolosi, il trucco perfetto, le labbra scure. I suoi vestiti sono semplici: riesco a vedere solo la maglia che è grigia. Gemma è bellissima.

«Ciao, come stai?» mi dice lei come se niente fosse.

Guardo i suoi occhi azzurri, non li avevo dimenticati. Ritrovare il suo sguardo mi lascia senza parole.

Mi rendo conto che il cuore mi batte più forte del solito e che improvvisamente non so più cosa volevo dirle. Con un tono di voce leggero dico: «Tutto bene».

Senza forse nemmeno ascoltare la mia risposta, lei parte chiara e schietta come al suo solito e mi chiede: «Come mai mi hai chiamata?».

Sto faticando per tenere a bada le emozioni ma riesco a ritrovare le parole per esprimere ciò che penso. Sorprendentemente, per la prima volta, la freddezza di Gemma mi sta aiutando.

Prendo al balzo la sua domanda per buttare fuori veramente tutto quello che sento: la situazione che ho dovuto vivere in questi mesi, il fatto che avrei voluto salutarla prima della sua partenza e che mi sarebbe piaciuto magari sentirla ogni tanto per sapere come stava o come andava la sua nuova vita, che non ho mai capito davvero il suo comportamento, soprattutto il suo rifiuto di vedermi da quando ci siamo salutate l'ultimo giorno di scuola.

Mentre io parlo Gemma sta zitta, ascolta tutto quello che ho da dire e non mi interrompe, senza distogliere il suo solito sguardo intenso e agghiacciante. Io continuo, anche se mi sento un po' in soggezione.

Poi appena smetto di parlare lei abbassa gli occhi un istante e torna a guardarmi, prima di rispondere: «Sono ancora convinta del fatto che non ti voglio sentire. Non mi pento di aver scelto di non invitarti all'aeroporto, è una cosa che rifarei. Io volevo Gabriel al mio fianco e anche adesso l'unica persona con cui mi sento di condividere quello che sta succedendo qui è lui.

Capisci? Qui sto cercando di crearmi una nuova vita, mi sento diversa e posso essere me stessa, quindi non voglio avere nessun collegamento con Milano se non Gabriel, di lui non potrei fare a meno perché ci conosciamo da quando siamo piccoli ed è un'altra cosa».

Non mi aspettavo questa risposta e, forse per la prima volta, trovo la forza di dire: «Questo non è giusto! Tu hai avuto fin dall'inizio un comportamento stranissimo con me, da un lato dolce e dall'altro freddo, però hai deciso sempre tu quali dovevano essere i momenti positivi e quelli negativi, io non ho mai potuto dire la mia. Ogni volta sei stata tu a dire: "Adesso siamo felici", "Adesso non ci parliamo", e questo non mi va più bene».

«Mi dispiace, ma a giugno pensavo di essere stata chiara quando ti ho detto che sarei partita per New York, più di così cosa potevo fare? Forse non l'hai capito ma per me non c'era altro da spiegare, quel giorno ti ho detto tutto quello che volevo dirti. Non mi piace appesantire la vita degli altri con i miei problemi, per questo non ripeto allo sfinimento quali sono i motivi per cui scelgo una cosa invece che un'altra, quindi non aspettarti che io lo faccia adesso con te.»

«Okay, ma in ogni caso io non avevo perso la speranza, perché con te ho vissuto dei momenti importanti, ho provato delle cose vere che non voglio dimenticare! In questi mesi speravo in un messaggio o in una chiamata da parte tua, che però non è mai arrivata. Potevi farti sentire almeno per chiedermi come stavo o per dirmi che cosa ti succedeva, perché alla fine tra noi negli ultimi mesi di scuola c'è stato qualcosa, non me lo sono solo immaginato».

Gemma mi risponde col suo tono duro: «Se avevi tanta voglia di dirmi tutto questo perché non mi hai semplicemente scritto? Scusa, visto che partiva da te questa voglia di sentirmi, perché dovevi aspettare che ti cercassi io? Potevi alzare la cornetta e chiamarmi, come hai fatto oggi».

Mi ritrovo di nuovo senza parole.

Avrei potuto chiamarla, ha ragione, avrei potuto e non l'ho fatto. Perché?

Avevo paura della sua reazione, di poter essere rifiutata e soprattutto di affrontare i miei sentimenti, perché se lei mi avesse chiesto: «Perché mi hai chiamata?», io non avrei certo potuto risponderle: «Perché sono innamorata di te».

Questo confronto sta prendendo la piega sbagliata e i pensieri che mi riempiono la testa iniziano a farmi gelare. A questo punto Gemma dice: «Vedi che allora ho ragione io, alla fine mi hai chiamata solo per discutere o per incolparmi di cose che io non avevo voglia di fare e non ho fatto».

«Se la metti così mi fai pentire di averti chiamata, perché io non volevo arrivare a questo, anzi, quello che volevo era trovare un punto d'incontro, perché la verità è che mi manchi. Non hai più messo neanche una foto su Instagram, sei proprio sparita.»

Cerco di addolcire la situazione perché il mio intento nel chiamarla era quello di essere positiva, però vedo dall'altra parte che Gemma si irrigidisce, abbassa lo sguardo, come se le mie parole le avessero dato fastidio, e mi dice solo: «Mi voglio allontanare da Milano e da tutto ciò che la riguarda, te l'ho già spiegato. Non sento il bisogno di condividere le mie avventure. Questa esperienza io la sto facendo per me stessa».

«Ma almeno tornerai per le vacanze di Natale?»

«Non lo so, non ho ancora deciso. Adesso vado, devo studiare, mi dispiace, dobbiamo chiudere qui. Se davvero vuoi avere notizie su di me chiedi a Gabriel, tanto lo so che voi state sempre insieme.»

Io le rispondo subito: «Guarda che sarebbe solo meglio se ci fossi anche tu», ma Gemma è proprio decisa, mi ripete che lei non la pensa così, che sta bene a New York e non vorrebbe trovarsi da nessun'altra parte.

«Vabbe'» concludo. «Allora ho capito che ho fatto male a chiamarti e quindi a presto, non so cosa dirti, Gemma.»

«Sì, ci sentiremo prima o poi, però per ora io preferisco vivermi la mia vita qui senza pensare ad altro».

Proprio nel momento in cui finisce la videochiamata, mentre sto ancora cercando di comprendere quello che è appena successo, sento la porta di casa che si apre e mia mamma che ritorna. È già l'una, quindi chiudo subito il telefono, spengo le luci e mi metto sotto le coperte facendo finta di dormire.

4

New York City, 20 settembre

Cavolo, dopo tutto questo tempo Luna mi doveva chiamare proprio quando stavo uscendo dalla metro e mi mancavano pochi passi per arrivare a casa? Non avevo nessuna intenzione di parlare così a caso per strada, volevo concentrarmi sul discorso perché sapevo già che avremmo affrontato anche questioni serie, quindi ho messo giù, per poi richiamarla appena rientrata a casa. Non era il momento giusto. Punto. In camera mia sono più tranquilla e poi se devo confrontarmi con una persona, io la voglio vedere in faccia, per questo preferisco la videochiamata.

Alla fine però è stato un disastro.

Sinceramente non mi aspettavo tutta questa sua voglia di parlarmi tanto da fare lei il primo passo, ma soprattutto mi ha sorpresa quando mi ha detto che le manco. Le sue parole mi hanno fatto un effetto che non so spiegarmi, ma ciò di cui sono sicura è che non mi hanno resa affatto felice.

Forse avrei preferito che mi dicesse che stava bene anche senza di me, che non mi pensava per niente e non era un problema far finire tutto in questo modo, perché in questo momento voglio solo dimenticarmi di Milano. Sarebbe stato ancora meglio se Luna fosse una di quelle persone che mi hanno convinta ad andarmene: quelle che vedono solo l'apparenza, che non sanno capire la vita e provare delle emozioni autentiche, quelle che restano sempre e comunque nel loro gregge, soddisfatte di una vita inutile e superficiale. Con una tipa così non avrei avuto nessun problema a tagliare, ma Luna è fatta in un altro modo. Lei è vera e cerca la verità. La cosa folle è che è proprio per questo che non posso essere sincera con lei e che ho dovuto dirle che non aveva senso continuare a discutere quando io già avevo preso la mia decisione.

Visto che mi devo allontanare da tutta la vita di prima, non mi resta altra scelta che dare un taglio netto e distaccarmi anche da lei, perché so che se solo mi lasciassi andare, la situazione per me diventerebbe completamente ingestibile.

La verità che non voglio ammettere nemmeno a me stessa è che anche a me manca Luna.

Mi trovo in camera mia, seduta alla scrivania, accanto a me lo zaino di scuola. Fisso lo schermo del computer come se non riuscissi a pensare a niente, quindi decido di uscire un attimo per prendere aria. Sono le cinque e mezza, per fortuna ho ancora un po' di tempo per me. Scendo le scale al piano di sotto e saluto Katy e George, i miei "genitori americani", che sono già indaffarati a preparare la cena visto che hanno invitato dei loro amici, ed esco dalla porta principale su Hicks Street.

Scaccio le parole di Luna dalla mia mente: sono convinta delle mie decisioni, ho solo bisogno di fare due passi per schiarirmi le idee e per respirare l'aria di New York, per ricordarmi dove sono ora, qual è il mondo in cui sto vivendo e che ho scelto io.

Me ne vado in giro per il quartiere cercando di togliermi dalla testa questi pensieri che mi stanno facendo impazzire, ma quando mi guardo intorno le case che mi circondano sono identiche l'una all'altra, come si vede nei film. Sono venuta qui convinta di trovare quello che avevo immaginato, di vivere subito quella velocità che desideravo profondamente, di catapultarmi nel centro stesso dell'esistenza con tutte le luci e le persone del mondo che corrono seguendo la strada del loro destino, invece sono finita in un quartiere che mi sembra finto, proprio come le città di carta da cui volevo fuggire.

La vera vita della grande metropoli, veloce e libera, la posso vedere solo dalla finestra della mia camera, al di là del ponte, con le luci di Manhattan che ogni sera mi chiedono cosa ci faccio io qui, a Brooklyn Heights.

Camminando per la via principale sono arrivata fino ai giardini che si affacciano sul canale. Mi siedo su una panchina sotto gli alberi, intorno a me non c'è nessuno, la strada è deserta; guardo i grattacieli che ho di fronte in linea d'aria, ma questa massa di acqua grigia sotto la pioggerellina mi sembra un ostacolo troppo grande da superare. Per riempire il silenzio, almeno nel mio mondo, mi infilo le cuffiette dell'iPhone nelle orecchie. So perfettamente cosa voglio ascoltare: *Blue Neighbourhood*, l'album di Troye

Sivan. Lascio come sempre decidere al caso quale canzone dovrà fare da colonna sonora ai miei pensieri e parte una delle mie preferite: *Suburbia.*

The sun sets longer, where I am from. Where dreams go to die while having fun.

Aspettando il tramonto mi riprometto che a questa domanda, «da dove vengo?», presto troverò una risposta, perché io non voglio che i miei sogni muoiano, che svaniscano nel nulla.

Rivolgo nuovamente lo sguardo alla grande città. Per fortuna almeno vado a scuola a Manhattan, quindi ogni giorno faccio avanti e indietro con la metro e mi tolgo un po' da questo mortorio. Lì è fantastico, con tantissime classi, studenti, professori e corsi che puoi scegliere liberamente. Altro che il nostro liceo di Milano! Mi sembra impossibile che esista ancora, che i miei compagni ci vadano normalmente o che io possa tornarci l'anno prossimo. Ora per me è tutto nuovo: ho la possibilità di essere diversa perché qui non ho un'etichetta e non sono la Gemma di Milano, che ormai mi sembrava un'estranea. Passo inosservata perché ci sono talmente tanti ragazzi che non sento la pressione di tutti gli occhi puntati su di me e di quel giudizio superficiale e patetico. Qui ognuno pensa alla sua vita e a ciò che studia, in libertà totale. Poco importa se per ora sono così sola, tanto io non ho mai sofferto di solitudine. Tutti pensano che chi è circondato da amici sia felice e chi sta sulle sue sia triste, ma forse non si rendono conto che nella vita si può scegliere, e io so scegliere molto bene.

Intravedo la luna lontana e appannata dietro le nuvole. Mi tiro giù il cappuccio della felpa fino agli occhi, come se potessi coprire l'effetto di questa maledetta chiamata che mi è rimasta nel cervello.

Luna doveva farsi sentire proprio adesso, che mi devo ambientare in una nuova città, che a scuola devo ancora capire bene i compiti, gli orari e le classi? Sto provando a sistemarmi, in fondo cerco solo di affrontare le cose a modo mio.

Basta, devo ritrovare subito il mio equilibrio e non pensarci più!

Mi rendo conto che è meglio rientrare a casa perché sicuramente Katy e George si staranno chiedendo dove sono finita. Anche la famiglia che mi ospita è totalmente diversa da come me la immaginavo: pensavo che sarei capitata in una casa con dei figli della mia età, un gran casino a tavola, duemila amici che vanno e vengono. Invece sto con due signori anziani ormai in pensione e siamo solo io e loro, ho la mia cameretta in questa casa su due piani, con le scale strette. È bella ed elegante ma c'è giusto la vista che mi fa sentire a New York, altrimenti mi sembrerebbe quasi di essere a casa dei nonni. Certo, Katy e George sono molto disponibili ma a volte anche troppo. Come adesso che ho l'ansia di dover tornare per forza a casa altrimenti si preoccupano, cosa che non succede più da tempo neanche con la mia vera famiglia!

E anche stasera per tornare ci metto un quarto d'ora in più. Tutti i palazzi, le porte, i balconi, sono così uguali che mi confondo e non riesco a individuare l'entrata giusta. Mi fa innervosire tantissimo perché mi ricorda ancora una volta che non è la mia città e questa non è davvero la mia casa: non riesco a riconoscerla dalla porta, devo stare lì a leggere i numeri. Finalmente la trovo dopo la solita ricerca e, mentre sto salendo le scale esterne per arrivare alla porta d'ingresso, vedo dalla finestra che ci sono delle persone dentro: devono essere gli amici che Katy e George hanno invitato a cena. Mi ero completamente dimenticata che avevamo ospiti stasera! Ci metto un po' a trovare le chiavi in borsa quando sento una voce che mi fa saltare: qualcuno ha appena detto «Ciao!» in italiano, com'è possibile?

Mi volto e non vedo nessuno, poi da dietro un cespuglio sbuca un ragazzo che sta fumando una sigaretta.

Ha i capelli castani che arrivano quasi alle spalle, mossi, e un po' arruffati dal vento. Il viso è un miscuglio di lineamenti forti e delicati che lo rendono particolare. Ha gli occhi chiari ed è vestito con pantaloni attillatissimi neri e un giubbotto di pelle borchiato, rosso con una t-shirt bianca; alle dita porta degli anelli che luccicano mentre gesticola muovendo le mani per spostarsi i capelli. A una prima occhiata ha l'aspetto da bad boy di qualche film, in contrasto con il suo sorriso gentile.

Dopo averlo squadrato per bene, gli chiedo anch'io in italiano: «Ma tu cosa ci facevi davanti alla porta di casa mia?».

E lui ridendo mi risponde sempre in italiano, ma con un riconoscibilissimo accento americano: «Sono il postino, non ti eri mai accorta di me?». Io non voglio stare al gioco, non mi piacciono tanti giri di parole, e quindi gli dico: «Con quella giacca rossa sarebbe stato impossibile non notarti gli altri giorni, quindi dimmi chi sei».

Allora lui smette di ridacchiare e mi risponde con un tono di voce basso e profondo: «*Nice to meet you*, sono il figlio degli amici di Katy e George, siamo qua a cena da voi!». Alzo gli occhi al cielo: proprio questa sera che volevo stare per i fatti miei, ora evidentemente sarà impossibile. Dovrò conoscere nuove persone e stare lì a fare la finta felice, sicuramente non potrò andarmene in camera appena finito di mangiare come già mi ero prefissata.

Lui intanto si avvicina notando la mia espressione sul viso: «*C'mon*, anche per me è un piacere conoscerti e passare una bella serata con te. Comunque mi chiamo Kasper». Gli stringo la mano senza sforzarmi minimamente di nascondere il fastidio che mi provoca quel suo mezzo sorrisetto.

O forse sarà come dice Gabriel, che cerco sempre di trovare i difetti perché ho paura di farmi piacere le persone?

5

Milano, 29 settembre

Suona la campanella e i ragazzi interrogati tirano un sospiro di sollievo, tutti tranne Bianca, ovviamente. Lei come sempre è stata impeccabile e si è guadagnata il solito nove in filosofia. Torna al suo banco con un'espressione soddisfatta e mi avvicino per complimentarmi, anche se in realtà i miei pensieri vanno altrove: «Sai, oggi pomeriggio vado per la prima volta al corso di disegno con Gabriel, ti andrebbe di pranzare insieme? Mi farebbe molto piacere, sai che sono un po' in ansia per questa cosa».

Bianca non mi guarda negli occhi mentre le parlo, è evidente che per l'ennesima volta sta per rifiutare un mio invito, allora ancor prima che possa aprire bocca le dico: «Senti, ma perché ultimamente non esci più con me? E nemmeno con Erica e Gaia? Sei sempre più assente, cosa ti sta succedendo?».

«Ma va'! Tutto tranquillo, non ti preoccupare. Ho solo conosciuto un ragazzo, ci esco da un po' e cerchiamo di vederci ogni volta che possiamo.»

Bianca continua a evitare il mio sguardo, si muove a scatti, come se avesse fretta. Provo a sorridere per metterla a suo agio: «Facciamo così: ti perdono se mi sveli il nome del ragazzo del mistero e una di queste sere mi porti a mangiare sushi, all you can eat!».

Lei accenna un sorriso: «Vada per il sushi, ma niente nome, tanto non lo conosci, non è di questa scuola. Ora scappo, mi sta aspettando. Scusami, so di essere una pessima amica, mi farò perdonare, lo giuro!».

La vedo correre via di fretta ma felice. Inizio a rendermi conto che pian piano tutti i miei amici stanno trovando il loro amore, mentre io sono qui ad aspettare qualcosa che forse mai arriverà.

***

Sono le sei in punto quando ci troviamo davanti a un palazzo come tanti, ma che presto per me diventerà un posto speciale. In metropolitana Gabriel mi ha fatto rilassare e svagare come sempre, raccontandomi aneddoti buffi che sono successi al corso di disegno in questi anni e descrivendomi a modo suo certi personaggi che sono passati di lì, con delle imitazioni che mi fanno piangere dalle risate.

Gliene sono grata perché so bene che lo fa per aiutarmi a sciogliere la tensione, sapendo che con la mia timidezza sono agitatissima. Mi sento come l'anno scorso durante il primo giorno di scuola, quando ero "quella nuova" e dovevo presentarmi a tutti. Per fortuna adesso c'è Gabriel a darmi sicurezza.

Arrivati al primo piano raggiugiamo una grande sala piena di banchetti singoli e decorata con opere di tutti i tipi, che sicuramente sono state realizzate dai ragazzi negli anni scorsi. Quando io e Gabriel entriamo, tanti compagni sono già seduti alla loro postazione. Lo vedo sorridere a destra e a sinistra e già immagino che lui avrà fatto amicizia con tutti. Camminando mi guardo intorno e vedo che, pur essendo a tutti gli effetti un'aula, già alla prima occhiata si respira un'aria totalmente diversa rispetto alla scuola. L'ambiente è colorato e animato, ma allo stesso tempo anche elegante, ci sono persone di varie età e molto diverse tra loro, tutte però con un aspetto rilassato e concentrato. Già a una prima occhiata mi rendo conto che, rispetto alla scuola, tutti quelli che sono venuti qui questa sera l'hanno fatto per scelta, nessuno li ha obbligati. Siamo qui per dedicarci alla nostra passione e mi sembra un po' di essere entrata in un universo parallelo in cui le persone danno veramente spazio alla loro creatività: infatti c'è chi è vestito in modo stravagante, chi ha i capelli colorati e si vede che ognuno ha uno stile e una personalità originali.

Gabriel mi guida verso il fondo dell'aula: «Andiamo a sederci in quelle postazioni libere! Adesso arriveranno anche altri due miei amici, li ho conosciuti la prima volta che sono venuto al corso, te li voglio assolutamente presentare, Sarah e Alberto, ti piaceranno di sicuro».

Io annuisco e intanto continuo a guardarmi intorno come incantata da questa nuova realtà, muovo lo sguardo tra i banchi con la mia solita timidezza ma anche con tantissima curiosità: «Ma quel gruppo là? Li conosci? Quelli che stanno già disegnando anche se non è ancora iniziata la lezione?».

«Certo, loro sono super fissati!» mi dice con un'aria fiera, come se sapesse tutto di tutti. «Vivono letteralmente per l'arte. Pensa che quando gli viene dato un compito non sempre lo rispettano, di solito fanno comunque quello che vogliono con la scusa di essere presi "dall'estro creativo". Quando capita si beccano dei cazziatoni mostruosi dal prof, ma sotto sotto credo che siano i suoi preferiti, perché in effetti fanno dei lavori fantastici!»

Tra di loro un ragazzo attira la mia attenzione: avrà almeno venticinque anni, porta i capelli neri abbastanza lunghi, un cappellino di lana arancione, una camicia di jeans, i pantaloni decisamente più larghi della sua taglia. Sembra vestito a caso, ma si capisce che in realtà ha curato ogni dettaglio. Si muove tra i banchi come se fosse a casa sua, con in mano un pennello già sporco di tempera.

A Gabriel come al solito non sfugge niente: «Lui si chiama Lorenzo» mi spiega. «È quello più estroso del gruppo e i suoi disegni sono bellissimi, si vede che è un vero talento.»

Continuo a osservare la classe e vedo che ci sono postazioni impeccabili, perfette, tirate a lucido, e altre talmente disordinate e sporche che farebbero impazzire mia madre.

Poi noto in un angolo una ragazza da sola che sta sistemando dei fogli sul banco, ignara di tutta la confusione intorno a lei. Ha i capelli rosa che arrivano più o meno sotto le spalle e l'aria di chi ama stare per i fatti propri. I vestiti che porta fanno a pugni con il suo atteggiamento distaccato: indossa una maglia azzurra, una gonna bianca e un paio di sneaker che si abbinano ai capelli. Sembra il personaggio di un cartone animato che è arrivato per caso nel nostro mondo, mi incuriosisce molto e non posso fare a meno di chiedere a Gabriel chi sia: «Invece, quella ragazza con i capelli rosa?».

Lui, senza neanche guardarla, ha capito a chi mi riferisco. «Ah, quella? Sì, partecipa al corso di disegno già da un anno però io non ci ho fatto davvero amicizia, non ci ho mai parlato molto, è una persona che non riesco a inquadrare. Diciamo che ha dei comportamenti strani, per esempio capita che non si presenti per settimane intere, e l'anno scorso è stata l'unica che alla mostra finale ha deciso di non esporre i suoi disegni. E in più è come se ogni volta cambiasse un po' il suo modo di fare con le persone. Spesso si chiude nel suo mondo e disegna per tutta l'ora, certi giorni invece cerca di fare gruppo. Io sinceramente non l'ho capita e ormai ci ho rinunciato.»

Mi giro, dalla porta stanno entrando un ragazzo e

una ragazza. Salutano subito Gabriel con un sorriso: «Eccoli, sono arrivati Alberto e Sarah».

Vedo che si tengono per mano e capisco subito che sono una coppia. Sono vestiti come se avessero deciso di indossare tutto l'arcobaleno e hanno entrambi i dread. Non riesco a decifrare quanti anni abbiano, perché il fatto che lei sia completamente struccata e che lui porti la barba mi confonde, ma a prima vista mi sembrano molto simpatici: si avvicinano con un grande sorriso stampato sul viso. Gabriel li abbraccia, poi me li presenta e loro mi salutano subito baciandomi sulle guance. Fanno parte di quella categoria di persone aperte che già la prima volta ti parlano come se ti conoscessero da sempre. In cinque minuti mi hanno già invitata a sei mostre, a mangiare da loro e al cinema.

Stiamo iniziando a chiacchierare quando entra in classe il professor Conti. È più giovane di quanto immaginavo e il suo modo di fare è un po' goffo, quasi come se fosse uno degli studenti, ma quando arriva alla cattedra assume un atteggiamento più serio. Mentre dà a tutti il benvenuto e inizia a spiegare le dinamiche del corso, noto che mi sta guardando come per rivolgersi direttamente a me e agli altri che sono nuovi.

Lo ascolto accorgendomi che finalmente un po' della tensione che avevo addosso se ne sta andando, seduta sulla sedia sento le spalle che si rilassano. Forse era questo che stavo cercando, il corso è pieno di persone positive, che hanno voglia di esprimersi e di imparare. Qui mi troverò bene.

Mi guardo intorno un'ultima volta prima di gettarmi a capofitto nel mio disegno e dopo tanti mesi mi sento finalmente felice. Gabriel tira fuori dalla borsa il quaderno degli schizzi e non ho dubbi sul fatto che avesse ragione: credo che qui, oltre a imparare finalmente a disegnare come si deve, forse potrò anche esprimere davvero tutta la mia creatività.

6

Milano, 13 ottobre

Oggi sono in super ritardo per il corso. Corro alla mia postazione, mi siedo come sempre vicino a Gabriel e sento una strana atmosfera silenziosa nell'aula. Un minuto dopo di me entra in classe il prof Conti e anche lui sembra felice e impaziente, come se avesse pronto qualcosa di speciale per noi. Quando arriva alla cattedra, dopo avere dato il suo solito benvenuto molto caloroso, dice: «Ragazzi, prima di iniziare la lezione di oggi ho una notizia importante. Tanti di voi già lo sanno, era un bel po' che ci stavo lavorando e in questi giorni ho avuto la conferma che aspettavo: mi fa molto piacere annunciarvi che quest'anno la mostra di fine corso non si terrà qui a scuola come al solito, ma in una vera galleria d'arte che rimarrà aperta al pubblico per un mese. Il vernissage sarà a fine aprile, quindi mi raccomando: dovrete impegnarvi al massimo e dimostrarvi all'altezza di questa occasione. Ciascuno di voi dovrà scegliere il suo lavoro migliore, iniziate a pensare già da ora a quello su cui vi piacerebbe lavorare, a quali argomenti vi interessano di più, allo stile che volete usare. Non arrivate a preparare tutto all'ultimo momento! La scelta che farete è molto importante e per questo vi chiedo di cominciare subito a rifletterci: l'opera che deciderete di esporre dovrà essere non solo la più bella, ma anche e soprattutto quella più significativa per rappresentare al meglio la vostra visione artistica e il vostro mondo. Non dimenticate che è un'opportunità unica per far conoscere i vostri lavori, visto che non saranno esposti solo per amici e parenti. Tanto, diciamo la verità, loro li avrebbero visti lo stesso!» conclude con un sorriso.

Tutti i miei compagni si guardano tra loro molto contenti della notizia, è evidente che non vedevano l'ora di avere un'occasione del genere. Gabriel mi guarda felice dicendo a bassa voce: «Evvai!» e io mi fingo più entusiasta di quello che sono. In realtà, al solo pensiero di dover mostrare un mio lavoro pubblicamente, mi sale la solita ansia. Per fortuna mancano ancora molti mesi, spero che per la fine di aprile sarò un po' più sicura del mio modo di disegnare e dipingere.

«Ma passiamo a quello che dobbiamo fare oggi.» La voce del prof mi riporta alla realtà. «Ho pensato di partire con un compito a cui tengo molto perché richiede collaborazione tra voi. Ora formerete delle coppie e realizzerete un quadro a quattro mani su una delle stagioni. La tecnica è libera, ma gli abbinamenti li faccio io.»

Mentre il professore parla io guardo Gabriel come per dire: "Voglio stare con te!", ma lui scuote la testa e mi dice sottovoce con un sorriso furbo: «Non ci sperare troppo, Conti ha una mente più creativa e perfida della nostra, sicuramente avrà ideato qualcosa per creare le varie coppie, ormai lo conosciamo!».

Infatti il prof tira fuori una scatolina con dei bigliettini all'interno: a uno a uno dobbiamo andare alla cattedra ed estrarre il nome della persona con cui lavoreremo.

Gabriel è tra i primi a essere chiamato ed è fortunato come sempre: pesca il nome di Sarah.

Io mi agito ancora di più. Vedo i miei compagni andare a turno verso Conti mentre a me non resta che sperare di capitare con Alberto, l'amico di Gabriel, anche se non lo conosco così bene. Meglio lui che qualcun altro totalmente sconosciuto. Poi all'improvviso sento pronunciare il mio nome: sono stata sorteggiata! Guardo verso la cattedra e vedo la ragazza con i capelli rosa, quella che se ne sta sempre sulle sue. Un po' titubante, ma anche curiosa di conoscerla, vado verso di lei e ci sediamo insieme alla sua postazione.

Spero che non sia troppo timida perché lo sono già io e non riusciremmo a parlare per niente. Succede sempre così: quando non conosco una persona ho bisogno di tempo per arrivare ad aprirmi. Se non mi sento a mio agio posso anche stare zitta per tutto il tempo! A volte odio questo lato di me perché mi piacerebbe essere aperta e fare amicizia con più semplicità, ma ci sto ancora lavorando.

Per fortuna è lei a cominciare la conversazione: «Piacere, sono Zoe» mi dice con un tono leggero. Mentre le stringo la mano impacciata penso: "Mi piace Zoe, è un nome carino".

«Luna.»

Lei è già piena di idee per il lavoro che dobbiamo fare insieme e mi chiede con calore: «Allora, qual è la tua stagione preferita?».

Improvvisamente mi rendo conto di non averci

mai pensato. In fondo a me piace qualcosa di ogni stagione: il caldo dell'estate, le foglie rosse dell'autunno, il freddo e il Natale dell'inverno e i colori della primavera. Così non ho la risposta pronta.

Vedendomi pensierosa, Zoe propone: «Perché non facciamo l'autunno? Ci sono mille sfumature diverse, tutte sui toni caldi, e poi amo l'atmosfera che si crea in quelle sere tranquille, sai, quando fa buio presto però ancora non è freddo come in inverno». Mentre parla gesticola in un modo delicato. «Secondo me verrebbe bene l'autunno in un nostro quadro» conclude.

Zoe è stata molto decisa e mi ha convinta, soprattutto con quella parola "nostro", come se fossimo un gruppo di lavoro già collaudato. Anche se più ci penso e più credo che la mia stagione preferita sia la primavera. Con il graduale risveglio della natura che piano piano si fa strada e arriva il caldo, con i fiori che sbocciano dopo il freddo dell'inverno... e poi c'è anche il mio compleanno!

Però, dai, anche l'autunno non è male, lei sembra così convinta!

«Okay, mi sembra una splendida idea, anche a me piace l'autunno. Dai, mettiamoci al lavoro!»

Alla fine della lezione Gabriel viene da me a salutarmi frettolosamente: «Ciao Luna, scusa, oggi devo scappare perché stasera vado a cena fuori con i miei, mi uccidono se non arrivo in orario».

Io sto ancora sistemando le mie cose nella borsa quando Zoe si volta e, vedendo che sono rimasta da sola, mi dice: «Vai alla metro? Facciamo un pezzo di strada insieme? O magari andiamo a fare un aperitivo in un posto qui vicino?».

Rimango un po' spaesata da questa proposta, non me la sarei mai aspettata visto che ci siamo appena conosciute. Però mi fa piacere che me l'abbia chiesto e le sorrido annuendo.

«Certo, volentieri.»

Usciamo insieme e, chiacchierando, andiamo verso il locale che Zoe ha proposto.

Stiamo camminando nella via dove c'è la sede del corso, un viale alberato con vari negozietti ai lati e il marciapiede coperto di foglie: guardo per terra e mi viene da sorridere quando mi accorgo che ci troviamo nella stessa atmosfera che fino a pochi minuti fa abbiamo dipinto sulla tela.

Mentre passeggiamo sono felice che Zoe parli senza bisogno che io le chieda le cose. È come se leggesse nel mio pensiero le domande che vorrei farle, o forse le piace semplicemente condividere con gli altri ciò che le succede. Al contrario di quello che mi aveva detto Gabriel, mi sembra che sia molto tranquilla nel raccontare di sé, di cosa le piace, di cosa invece la fa arrabbiare.

«Luna, a te piace Milano? Io l'ho sempre adorata! Sono stata troppo felice di trasferirmi qui, è successo più o meno un anno e mezzo fa.»

«Anche tu non sei di Milano?»

«No, sono di Treviso ma per fortuna sono riuscita a convincere i miei a lasciarmi vivere qui. Ho deciso di iscrivermi alla Bocconi così sono tranquilli perché sanno che sto facendo una cosa seria per il mio futuro. Studio giurisprudenza, che poi alla fine mi piace anche parecchio, però la pittura è un'altra cosa, è sempre stata la mia passione, ci perdo il sonno. Non sai quante volte mi è capitato di rimanere alzata a disegnare tutta la notte e presentarmi alla lezione di diritto comparato o economia aziendale in modalità zombie! Per fortuna mi piace il caffè, ne potrei bere dieci al giorno. Tra l'altro sono stata fortunata anche nella ricerca della casa, ho trovato un appartamento perfetto, così al primo colpo. Pazzesco, no? Comunque vivo con altre due ragazze e un ragazzo, la casa è uno spettacolo, magari una di queste sere dopo il corso potresti venire da me, vedrai: ti piacerà un sacco!»

Zoe parla come un fiume in piena, è molto coinvolgente ed è bello stare a sentirla, anche se sono un po' distratta da questo freddo pungente, non mi aspettavo ci fosse tanto vento. Domani devo ricordarmi di prendere almeno un cappello o una sciarpa, oppure chissà, forse potrei già trovare qualcosa di carino in uno di questi negozi?

Mi avvicino a guardare una vetrina e lei subito mi raggiunge e con aria entusiasta mi dice: «Questo è un posto fichissimo, dai entriamo!».

La commessa saluta Zoe come se la conoscesse e lei si volta a spiegarmi: «Non sai quante volte l'anno scorso facendo questa strada per venire a lezione mi bloccavo davanti alla vetrina per vedere qualcosa che mi piaceva! Entravo con l'idea di guardarlo da vicino e uscire subito e poi invece iniziavo a provarmi tutto il negozio e perdevo la lezione».

La guardo stranita, questa è una cosa che a me non potrebbe mai succedere perché mi piace rispettare i programmi e sono stata così fin da bambina. Forse proprio per questo ho sempre subito il fascino di chi invece riesce a vivere in maniera imprevedibile e seguire l'istinto del momento, anche in queste piccole cose. Come con Gabriel, anche con Zoe mi faccio trascinare dal suo entusiasmo e dalla facilità che ha nel parlare con chiunque e inizio a sentirmi sempre più a mio agio.

In pochi istanti Zoe e io ci mettiamo a provare un sacco di vestiti e accessori, scambiandoceli da sopra i camerini e morendo dalle risate con la commessa, che è bravissima a consigliarci abbinamenti a cui non avrei mai pensato.

Alla fine Zoe esce carica di pacchetti: ha comprato una felpa extralarge giallo ocra, un choker in cuoio marrone e dei jeans vintage tutti strappati a vita esageratamente alta. Io, invece, ho scelto un berretto nero con un ricamo a forma di rosa, di colore rosso. È molto semplice, ma appena l'ho visto mi ha subito colpita.

Stiamo uscendo dal negozio quando Zoe tira fuori il telefono e legge velocemente un messaggio, sbuffa e mi guarda. Ovviamente non capisco la sua espressione perché non ho idea di chi possa averle scritto, lei se ne rende subito conto e come sempre non perde occasione per raccontare un'altra storia. Un po' divertita e un po' scocciata mi dice: «Scusa Luna, è Michele, il mio ex. Continua a scrivermi messaggi anche se ci siamo lasciati ormai da mesi!» e poi, accorgendosi di aver assunto un'espressione fin troppo seria, la butta sul ridere: «Credo che un giorno sarò costretta a bloccarlo se continua così!». Poi guarda il telefono rimettendolo in borsa e si volta verso di me con gli occhi sgranati: «Ma dai! Ci credi che sono già quasi le otto e mezza?».

«Oddio! Non pensavo di stare fuori così tanto. Mi dispiace ma ormai è troppo tardi per l'aperitivo, devo tornare a casa» dico io presa dal panico.

Adesso è completamente buio e non ho mai guardato il telefono per tutto questo tempo. Sono agitata e in imbarazzo, non so come salutarla, ma mentre le dico un ciao un po' impacciato vedo che lei si avvicina per darmi un bacio sulla guancia. Esito un attimo, ma ho capito che Zoe è così, fa quello che sente quando ne ha voglia senza pensarci troppo su.

Ricambio il bacio sulla guancia distogliendo lo sguardo, ma lei sembra non farci troppo caso. La guardo allontanarsi sorridendo, poi dopo pochi passi si volta e facendomi una linguaccia mi dice: «Alla prossima, Luna! Ah, tra l'altro hai un nome fichissimo, volevo dirtelo!».

Okay, ora sono ufficialmente sottosopra. Con questo pensiero che mi rimbalza in testa le sorrido e la saluto con un gesto della mano.

Non riesco a credere che fino a poche ore fa io e Zoe neanche ci conoscevamo, non mi era mai capitato di essere da subito così in sintonia con una persona.

Mi affretto verso casa pensando che questo pomeriggio mi sembra durato una settimana.

7

New York City, 16 ottobre

Inizio già a vedere il cancello di Central Park in fondo alla via e accelero il passo, continuando a parlare al telefono con Gabriel: «Ma allora quando lo vedi 'sto Diego? Come va tra di voi?».

«Va tutto benissimo! Ho convinto i miei genitori e presto andrò qualche giorno da lui, così stiamo un po' insieme. Intanto per consolarmi di certo non me ne sto a casa, stasera vado a mangiare una pizza con dei ragazzi del corso. Tu invece cosa fai oggi? Il solito shopping?»

«No! Strano ma vero, oggi avevo voglia di cambiare. Sono venuta a Manhattan ma sto andando a passeggiare a Central Park perché, indovina? Non ci sono ancora mai stata! Diciamo che i parchi sono uno dei miei ultimi pensieri quando si tratta di visitare una nuova città. Poi non so cosa farò per il resto della giornata, vedrò strada facendo.»

«Non te lo dovrei neanche chiedere, ma immagino che te ne stai da sola come sempre...»

«Gabriel! È una vita che mi dici la stessa cosa, lo sai che io sto bene così. Certo che ne ho conosciute di persone nuove, però quando ho del tempo libero preferisco farmi una passeggiata e stare per conto mio. Guarda che non è proprio così facile trovare qualcosa da fare, visto che vivo in un quartiere di vecchi!»

«Ma scusa, almeno con qualcuno avrai fatto amicizia!»

«Non la chiamerei amicizia, diciamo conoscenza. A scuola sto facendo un corso di musica per riprendere in mano il basso e un paio di ragazze mi sono venute a chiedere se volevo fare qualche prova con loro e magari entrare nella loro band, credo che accetterò e tra qualche giorno cominceremo a suonare insieme. Mi sembrano tipe carine, io e Kelsey per esempio adoriamo gli stessi cantanti, però al di là di questo sto ancora cercando di guardarmi intorno.»

Gabriel scoppia a ridere «Ma dai, non me l'aspettavo! È inutile stare a New York, tanto potresti anche andare su Marte e ti starebbero antipatici pure gli alieni! Ma è per questo che ti voglio bene, non cambiare mai Gemmina!» mi dice con un tono scherzoso, per prendermi in giro.

Sto per dirgli che in realtà un altro pianeta non sarebbe poi così una cattiva idea, ma lui taglia corto: «Comunque scusa, poi mi racconterai meglio la prossima volta. Ora devo proprio andare perché tra poco vengono a prendermi, devo finire di prepararmi».

Non posso fare a meno di domandarmi se tra gli amici con cui uscirà ci sarà anche Luna. Ma glielo chiedo oppure no?

Ci provo cercando di non farglielo capire: «Wow che bello, e chi sono? Dove andate?», ma lui mi liquida frettolosamente: «Scusa, scusa, devo andare, ciao!».

Riattacco anch'io e mi fermo, resto a guardare nel vuoto e penso che forse Gabriel ha fatto apposta a non dirmi dove sta andando esattamente e con chi. Ma poi che paranoie mi sto facendo? So benissimo che lui e Luna hanno legato molto, non sarebbe strano se uscissero insieme, quindi perché mi sto ossessionando?

Razionalmente so che Luna sta di nuovo occupando troppo spazio nella mia mente, ma nonostante questo non posso fare a meno di pensare: chissà come sta, cosa faranno stasera? Magari si è messa il vestito viola che aveva alla cena di classe di fine anno. Chissà se ha raccolto i capelli o li ha lasciati sciolti? Mi ricordo che diceva di volerli più lunghi, magari ora invece avrà deciso di tagliarli. Rivedo Luna e ricordo tutte queste piccole cose, non riesco a togliermela dalla mente. L'immagine di lei e Gabriel che stanno per uscire insieme mi fa riflettere: ma io qui a New York che vita posso fare senza neanche un amico di cui fidarmi?

Metto il telefono in borsa, tiro fuori le cuffiette e alzo il volume della musica. Faccio partire *Break The Rules* di Charli XCX che mi mette sempre tanta carica, così non dovrò stare a sentire quello che mi passa per la testa.

Stamattina vedendo che c'era il sole ho pensato di scegliere una nuova zona da visitare e che fosse il giorno perfetto per scoprire Central Park, visto che ormai tutti i negozi di Fifth Avenue li conosco a memoria. Ora però, mentre cammino nel parco con questi pensieri che mi rimbalzano in testa, non riesco a non innervosirmi. Guardo intorno a me e mi accorgo di essere circondata da un sacco di persone, sembrano tutti così sereni. C'è chi fa jogging, chi è a spasso con il cane e chi, semplicemente, se ne sta seduto su una panchina a leggere o a sperare di vedere uno scoiattolo su qualche albero. Forse per la maggior parte delle persone la natura ha il potere di dare tranquillità, ma sembra che su di me la magia non stia funzionando: a me ora serve un po' di vita frenetica, le vetrine dei negozi, le vie piene di gente. Okay, Central Park sarà pure un paradiso in mezzo alla città, ma in questo momento proprio non ce la faccio a restare qui. L'unica cosa che mi può distrarre è lo shopping, altro che alberi e scoiattoli! Me ne andrò a Times Square, lì di sicuro mi sentirò meglio.

Esco dal parco decisa e prendo la Seventh Avenue che mi ci porta diretta, ma mentre cammino noto uno Starbucks all'angolo della strada.

Quasi quasi mi prendo un cappuccino *on the go*, come dicono tutti qui, tanto non ho fretta, non devo fare niente di speciale.

Entro e vado verso la cassa. Mentre aspetto in fila sento qualcuno tra i tavoli che parla in italiano. Per curiosità mi giro immaginando che sia uno dei tanti turisti, e anche se la cosa è abbastanza buffa, devo ammettere che io ormai mi sento una vera newyorkese, altro che turista! Rido tra me e me e intanto ascolto il ragazzo di spalle che sta chiacchierando al telefono nella mia lingua, ma mi accorgo che ha un fortissimo accento americano. Ha un modo di parlare che mi ricorda qualcuno e dei lunghi capelli arruffati che arrivano alle spalle, insomma ha qualcosa di familiare, ma poi mi dico: «Figurati! In una città così grande non può essere di nuovo lui!»

E invece sì: è proprio Kasper, quel tipo che una sera era venuto a cena da noi e che mi aveva infastidito con il suo modo di fare un po' troppo gentile. Quando il suo sguardo si sposta casualmente verso il bancone mi viene subito incontro, chiude la chiamata e con la solita espressione allegra mi dice: «*Hello* Gemma, come stai?»

«Ciao Kasper! Tutto bene, grazie. Ma tu come mai non fai altro che parlare in italiano?».

«Non ti ho ancora detto che sono nato e cresciuto qui a New York ma che i miei nonni sono di Bologna? Adesso stavo parlando con mia nonna! Vedo che anche oggi sei molto sorridente, *why are you always in a bad mood, sweetie*? Non hai digerito le costolette dell'altra sera? Dai, scherzo! Stavi per prendere un cappuccino? Se vuoi lo beviamo insieme, ne prendo un altro anch'io.» E prima che io possa ribattere continua imperterrito: «Non alzare gli occhi al cielo stavolta, la mia non è una proposta, ho già deciso che faremo così. *Two cappuccinos, please*!».

Sono molto sorpresa dal suo atteggiamento, è come se avesse già indovinato il modo giusto di comportarsi con me (cioè anticiparmi sempre e non lasciarmi spazio per fare la stronza come al solito), quindi sono presa in contropiede e alla fine gli permetto di offrirmi questo benedetto cappuccino.

Una volta che abbiamo ricevuto il nostro bicchierone ustionante lui mi chiede, come se fosse la cosa più normale di questo mondo: «Allora, dove andiamo?».

«Come, dove *andiamo*? Io vado a fare shopping, tu non so.»

«Ah, vai a fare shopping? Ma dove? Non dirmi a Times Square, come tutti i turisti!»

Non gli rispondo perché non voglio fargli capire che in effetti il mio programma sarebbe stato proprio quello, allora lui mi dice: «No, ti porto io! Devi conoscere New York come si deve, ormai tu abiti qui e devi iniziare a frequentare anche i quartieri più *particolieri*! Forse non si dice così... Ah, sì, particolari!».

Kasper parla con entusiasmo, come se mi stesse invitando a partire per chissà quale avventura, e io trattengo un sorriso quando lo sento sbagliare qualche parola. Stranamente, però, la sua proposta confusa mi incuriosisce. Forse dietro quella faccia sempre felice, anche senza motivo, potrebbe perfino esserci un cervello funzionante. Okay, sto di nuovo esagerando. Diciamo che mi sorprende vedere che una persona così diversa da me mi sa capire al volo. E poi, a giudicare da come si veste, sono sicura che mi porterà in negozi che mi piaceranno moltissimo: almeno vedrò qualcosa di diverso dal solito.

In fondo non è stato così male incontrarlo.

Quando, dopo un numero indefinito di fermate, scendiamo dalla metro, Kasper mi annuncia: «Siamo arrivati, andiamo di qui!».

«Ma dove siamo? Guarda che mi sto affidando completamente a te, queste sono zone che non ho mai visto.»

«Allora fai benissimo, hai scelto la persona giusta.»

«Spero che il posto dove mi stai portando mi piaccia perché non mi farò molti problemi a dirti chiaramente quello che penso!» Lui ride, come se già avesse previsto la mia risposta.

Mi rendo conto che New York è enorme e che finora ne ho vista solo una minuscola parte, qui mi sento quasi in un'altra città. Vorrei fargli duemila domande, ma preferisco scoprire poco alla volta questi posti nuovi e, diciamo la verità, non voglio apparire troppo inesperta. Così non gli chiedo niente e camminiamo senza chiacchierare.

Il silenzio che c'è tra noi lascia i pensieri liberi e mi trovo bene a passeggiare accanto a Kasper, mi sento tranquilla. Osservo la via che abbiamo imboccato: è diversa dalla parte di Manhattan che ho visto finora, con i super grattacieli e la gente che va a mille. Qui l'atmosfera è rilassata, ci sono dei localini intimi con i tavoli all'aperto, ragazzi che sfrecciano in skate sulle strisce pedonali e ragazze vestite con mille colori diversi.

Kasper mi guarda e fa l'occhiolino: «*That's cool!* Lo sapevo che l'East Village ti sarebbe piaciuto, ma non è questa la cosa migliore che volevo mostrarti».

Ormai sono veramente curiosa e decisa a seguirlo. Per la prima volta mi viene naturale cercare un contatto con lui, quindi lo affianco e lo prendo sottobraccio.

Lui mi guarda pensieroso e poi, serissimo, annuncia: «Tu sei un *brownie*».

«In che senso, scusa? Che cosa vuoi dire? Mi dispiace ma non capisco il senso dell'umorismo americano».

«Non è assolutamente una battuta, ma è la realtà dei fatti: *c'mon* Gemma, *you know what I mean!* Che tu fuori sei così, come... *damn, how do you say that?* Sembri dura ma invece dentro sei dolce, sei fluffosa.»

Io rido e gli rispondo: «Mi sa che sei un po' confuso Kasper, hai usato parole troppo complicate, qualcuna te la sei pure inventata di sana pianta. *You know what I mean?*» e lo guardo con aria scherzosa. Da un momento all'altro ha cambiato completamente il mio umore, sono sorpresa e un pochino più felice.

«Ma io ero serio! Secondo me sei come un brownie perché sembri difficile, tutta dura, nera, ma poi chi riesce a conoscerti meglio vede che sei *soft and fluffy* come un *chocolate brownie, sweetie*!»

«Ecco, forse è meglio se questi ragionamenti li fai in inglese perché con il tuo italiano io non avevo capito niente!» Sorrido e penso tra me e me che questo soprannome inaspettato non mi dà così fastidio come voglio dare a vedere.

Continuiamo a passeggiare e mentre pian piano ci stiamo avvicinando al fiume, Kasper mi dice molto misterioso: «Vieni, ti devo mostrare una cosa, vediamo se la riconosci».

Arriviamo al parapetto, con la corrente che ci fa volare i capelli sulla faccia. Mi chiudo meglio la cerniera del giubbotto e lui mi chiede: «Allora, cosa ne pensi?».

Io non capisco: al di là del fiume vedo una città che mi sembra bella ma che non riconosco.

Così gli dico: «Wow, mi piace, però non capisco quale zona di New York sia».

«Guarda meglio, magari riconosci qualcosa.»

Mi concentro e inizio a notare che la sponda di fronte a noi è più verde, con meno grattacieli e le case più basse. Con un tono di voce più alto del solito dico: «Ma è Brooklyn?».

«Certo! Guarda che a Brooklyn non c'è solo la parte dei vecchi dove stai tu! Dai, una sera ti porto a sentire un po' di musica a Williamsburg.»

Solo ora mi rendo conto di quanto possa essere bello il posto dove vivo: non l'avevo mai visto da Manhattan. Mi sono limitata in tutto questo tempo a sognare, guardare e desiderare di vivere nella parte frenetica e metropolitana del centro, ossessionandomi a immaginare dalla mia finestra tutto quello che stava succedendo in città mentre io ne ero esclusa. È come se finora avessi notato solo le cose negative e, concentrandomi su queste, ancora non mi ero rilassata al cento per cento. In realtà so di essere molto fortunata a poter vivere quest'esperienza e d'ora in poi voglio assolutamente smettere di ragionare troppo su tutto il resto, voglio pensare di più alle cose belle che mi stanno capitando.

Guardo Kasper e gli chiedo: «Ma come facevi a sapere che avevo bisogno esattamente di questo?».

Lui fa uno dei suoi sorrisi ridicoli e si mette a canticchiare: «*And there's always another point of view... A better way to do the things we do...*».

E io: «Cosa hai detto? C'è sempre un altro punto di vista?».

«Esatto: *You don't understand me* dei Raconteurs. Mi raccomando, ascoltatela, Brownie! È una canzone che ti migliora la giornata.»

Continuo a guardare il panorama ed è strano ciò che provo: sono serena come forse non ero mai stata prima.

8

Milano, 9 novembre

Stamattina Gabriel ha saltato la scuola perché era ammalato, ora però sta un po' meglio e sta venendo da me per mettersi in pari con i compiti, tanto essendo vicini di casa deve solo attraversare il cortile.

Sono in camera mia che lo aspetto quando sento suonare al citofono. Corro verso la porta, però fa prima mia mamma, che oggi è rimasta a lavorare in casa. Va lei a rispondere e poi si volta verso di me: «È Gabriel», mi dice in tono abbastanza freddo. È incredibile che sia ancora convinta che in questo periodo le stia nascondendo qualcosa.

«Sì, sì, deve venire a recuperare i compiti perché oggi non è venuto a scuola» le rispondo con un sorriso.

«Ah, va bene, d'accordo, quindi state in camera?»

«Esatto! Non ti preoccupare, poi se abbiamo fame ci facciamo un tè, o qualcosa.»

Lei, un po' sulle sue, senza fare altri commenti ritorna al tavolo della sala sul suo portatile.

Gabriel arriva alla porta, ci salutiamo con un abbraccio e andiamo dritti in camera. La stanza è un po' disordinata, non ho ancora rifatto il letto da stamattina. Velocemente, quasi senza farmi notare, sistemo le coperte mentre lui appoggia la borsa sul pavimento. Salem ci raggiunge subito, deve aver sentito che è arrivato il suo preferito, e si accoccola sulle gambe di Gabriel appena si siede sul letto. Lui starnutisce, allora io sorrido e dico: «Ma non stavi meglio? Anzi, non eri già guarito?».

«Ma sì, sto benissimo! Mi sento una favola rispetto a stamattina» ma mentre lo dice cerca di trattenere un colpo di tosse.

«A me lo puoi dire, la verità è che volevi evitare le due ore di ginnastica! Comunque peccato, perché oggi c'era la partita di pallavolo... Se c'eri tu a fare il tifo magari avremmo vinto, invece ci siamo fatti stracciare dalla 5 C!»

Lui risponde solo con un altro colpo di tosse, abbassa lo sguardo e si alza di scatto dal letto facendo cadere Salem che miagola per il disappunto.

«Gabriel, con questa tosse credo proprio che dovrai stare a casa da scuola anche domani.»

Lui spalanca gli occhi e con aria terrorizzata esclama: «Non dirlo neanche per scherzo! Devo assolutamente venire sia domani sia venerdì perché nel weekend vado finalmente a trovare Diego a Riccione: figurati se i miei mi lasciano partire se salto la scuola!».

«Davvero? Oddio, sono troppo felice! Ma, come fai, dormi da lui?»

«Sì, fino all'ultimo pensavo di farmi ospitare da un amico, ma poi Diego mi ha invitato a stare a casa sua. Purtroppo non posso rimanere più di due giorni, domenica sera dovrò tornare.»

Lo ascolto raccontare entusiasta e sono davvero contenta per lui perché se prima erano solo parole, ora invece la loro storia sta andando bene e diventa sempre più reale. Allo stesso tempo, però, mi rendo conto che, senza Gabriel in giro e con Bianca sempre impegnata con il suo nuovo fidanzato, non ho nessun altro con cui mi trovo abbastanza in confidenza da poter dire: usciamo!

Allora Gabriel, notando il mio sguardo un po' fisso nel vuoto, mi domanda: «Ma tu invece stai bene? Perché mi sembri un po' pensierosa».

Non riesco a trovare le parole giuste per spiegarmi, in realtà non capisco esattamente per quale motivo mi sento così: so che non sto bene ma non so il perché. È un insieme di cose e non so come rispondere. Gabriel però, come sempre, dà per scontato che il mio problema sia Gemma. «Vi siete più sentite tu e Gemma dopo quella chiamata che è andata così male?»

«No, ho chiuso ogni contatto con lei proprio come desiderava e sinceramente me ne sto facendo una ragione» dico io in modo deciso, come se oltre a rassicurare Gabriel volessi convincere anche me stessa.

Lui si fa molto serio, quasi triste: «Lo sai già che mi dispiace un sacco per questa situazione. E poi è davvero un peccato che Gemma non torni nemmeno per Natale, magari poteva essere un'occasione per chiarirvi, visto che di persona è tutto diverso».

Questa frase mi fa gelare e non posso fare a meno di bloccarmi e guardare negli occhi Gabriel senza dire una parola.

Lui capisce subito: «Ma non lo sapevi che non torna per Natale? Anzi avevo pensato di andarci io a trovarla!».

«E me lo dici adesso? Come faccio io a saperlo se

lei non mi vuole parlare? Se non me lo dici tu non me lo può dire nessun altro! Non è che me lo posso immaginare da sola!» Mi rendo conto del tono duro che ho usato e mi calmo subito. Non ha senso arrabbiarsi con lui, alla fine Gabriel è come il portavoce di tutte e due e quindi non ha colpa.

Lui ammutolisce, quindi continuo io: «Scusa, non me l'aspettavo proprio questa notizia. So che tu non c'entri e che vuoi solo il meglio per me e per lei. Se devo essere sincera io ci speravo, ero sicura che lei a fine dicembre sarebbe tornata perché è vero che faccia a faccia è tutto diverso rispetto a una chiamata. Ora, però, ho perso veramente tutte le forze, non so più cosa fare».

«Lo sai che io cerco sempre di farti tornare il sorriso, ma che sono anche legatissimo a Gemma. In questo momento ti guardo e vedo che questa cosa ti fa stare veramente male, lo capisco, sei delusa e sconfortata. Forse in effetti è giusto provare a pensarci di meno e cercare di dimenticarla.»

Mentre parla sembra un po' incerto, non è determinato e sicuro come al solito, ma una parte di me voleva sentire proprio queste parole. Per tanto tempo mi sono tenuta tutto dentro e non sono mai riuscita a trovare il coraggio per chiudere definitivamente con Gemma.

Gabriel fino a oggi mi aveva sempre detto: «Ma no, tieni duro, non mollare!» e la speranza che lui mi dava mi ha aiutato in questi mesi a continuare ad aggrapparmi a quel sogno, ma ora questo suo atteggiamento diretto, molto realista, mi fa sentire quasi sollevata. Come se non ci fosse più nulla per cui lottare e potessi finalmente prendere fiato.

Gli rispondo che sicuramente ha ragione e che forse è proprio questo che mi serve. Dimenticare. Sto iniziando a pensare che sarà un bene non rivedere Gemma per tanto tempo, così avrò alcuni mesi per capire meglio me stessa e per pensare ad altro, per distrarmi veramente. Mentre rifletto guardo verso il cassetto, perché lì dentro c'è la cartellina con tutti i disegni che ho fatto quest'estate pensando a lei.

Gabriel se ne accorge e mi domanda: «Perché guardi lì con quella faccia, come se nascondessi qualcosa?» in tono scherzoso, per alleggerire un po' l'atmosfera.

«No! Cioè, in realtà sì. Però sono cose che veramente non voglio più rivedere per un po'.»

Gabriel va verso la scrivania e ridendo dice: «Lo

so che tu vuoi fare la preziosa, fammi vedere! Dov'è questo segreto, nel cassetto?».

«No, aspetta Gabriel, per favore.»

Ma vedendo che lui fa per aprirlo e non mi sta prendendo sul serio, mi innervosisco e ripeto alzando la voce: «Gabriel, ti ho detto di no!».

Lui si ferma, rimanendoci un po' male, e mi dice: «Luna, stavo solo scherzando! Ero curioso di vedere cos'era, alla fine condividiamo tutto io e te, no?».

Sì, noi condividiamo tutto e siamo molto legati, però non devo dimenticare che ha già una migliore amica da tantissimo tempo: Gemma. Chissà quante cose si dicono che io non saprò mai.

L'atmosfera si è fatta più pesante e poco dopo entrambi troviamo un motivo per salutarci prima del solito. Con uno strano imbarazzo.

Quando rimango sola nella mia stanza mi rendo conto di quanto quella cartellina sia alla portata di tutti: di Gabriel, di mia mamma e chissà di chi altro ancora. Ma soprattutto mia, visto che la conservo in un cassetto della scrivania dove metto le mani tutti i giorni. Decido di aprirlo, prendo la cartellina ma evito di guardarci dentro. Dove posso nasconderla? Guardo il mio letto e penso che lì sotto non starebbe male, se non fosse per Salem che sicuramente inizierebbe a giocare con l'elastico che la chiude. Sulle mensole non ci penso nemmeno, più esposta di così non si potrebbe. Forse l'armadio dei vestiti. Apro un'anta e alzo lo sguardo verso l'ultimo ripiano, tra i top estivi che ormai ho messo via per il cambio di stagione. Perfetto! La appoggio tra due magliette sicura che per un bel po' di tempo non mi verrà più la tentazione di riaprirla.

Chiudendo l'armadio mi guardo intorno e per la prima volta in questi mesi mi viene davvero voglia di cambiare e di riordinare sia la mente sia quello che mi circonda. Inizio a raccogliere i vestiti di ieri che avevo lasciato sulla sedia, a mettere sulle mensole i libri ammassati sulla scrivania e nell'armadio le scarpe e le mille cose che avevo sparse in giro. Poi guardo le pareti e trovo finalmente il coraggio di staccare i poster che sono appesi lì da un anno, ma che ora non mi dicono più niente. Non ha più senso tenerli qui in camera, quindi li ripiego e metto via pure loro.

***

A cena mi sono sforzata di essere carina con mia mamma, non avrei saputo cosa dirle, e quando mi ha chiesto come mai Gabriel fosse andato via così in fretta, quasi scordandosi di salutarla, le ho detto una piccola bugia. Ho finito di mangiare in fretta e ho aggiunto che sarei andata a dormire presto, così sono tornata in camera mia, evitando altre domande.

Avevo bisogno di spazio, di continuare a mettere ordine nella mia stanza e nei miei pensieri, di calmarmi.

Una volta finito di riordinare mi sento stanchissima e mi dico: adesso ho solo bisogno della mia canzone preferita. Mi metto a letto e fino a domani non voglio pensare a nient'altro.

Così mi rannicchio sotto il piumone con il dolce peso di Salem sui piedi e lascio andare tutte le lacrime che ho tenuto dentro in questi mesi. Ascolto *Rear View* di Zayn e quando sento certe frasi sussulto perché sembrano descrivere ciò che sto provando in questo momento:

Heard about all the love you lost, it was over before it began.

9

Milano, 10 dicembre

Esco dal bagno e torno in camera mia per prendere il lucidalabbra rosso e metterlo in borsa. Intanto mi sistemo il vestito che ho scelto per stasera: è a maniche corte e abbastanza largo, arriva a metà coscia ed è di lamé grigio, luccicante e luminoso. Ho i collant neri e ai piedi gli stivali Ugg beige, non voglio assolutamente avere freddo. Sul letto è già pronta la giacca, un parka verde scuro foderato di pelliccia.

Sono felice di andare a cena a casa di Bianca, finalmente abbiamo un momento per vederci e parlare un po'. Forse si è resa conto di essere stata troppo schiva con me negli ultimi tempi? I suoi genitori stasera sono via e non vedo l'ora di passare qualche ora con lei: mi è mancato tanto parlare con calma delle nostre cose e sono sicura che in un attimo tornerà tutto come prima.

All'improvviso sento la notifica di un nuovo messaggio su WhatsApp e corro subito a leggerlo.

Sarà Bianca che mi chiede di arrivare mezz'ora dopo: è sempre in ritardo. Invece non credo ai miei occhi

«Scusa, scusa, scusa!!! Per stasera non ce la faccio, sono incasinata, ma prometto che poi ti spiego!»

Insomma la nostra serata salta. Conclude scrivendo che si farà perdonare: «Spero che tu non ci sia rimasta male».

E invece sì, sono davvero delusa, le sue parole sono ambigue e non mi ha nemmeno dato una spiegazione chiara. Sono praticamente pronta per uscire e lei mi manda un messaggio del genere? Tutto ciò che riesco a digitare sulla tastiera è un freddissimo: «Okay, non c'è problema» pensando che la vera ragione di questo cambio di programma non sia poi così difficile da indovinare.

Già che ho il cellulare in mano vado a controllare i social e per distrarmi un po' apro Instagram. Scorrendo sulla home vedo tra le prime foto un selfie di Gabriel che per la seconda volta è a Riccione: lui è in primo piano che scatta la foto, dietro c'è Diego che gli appoggia le mani sulle spalle con un sorriso super smagliante e gli occhi felici. Vedendo questa foto anch'io sorrido istintivamente per un attimo, poi però mi rendo conto che sono sola nella mia stanza e che questo sabato sera, che doveva essere un po' speciale, è finito prima ancora di cominciare. Sono qui senza i miei amici più cari, entrambi hanno di meglio da fare. Decido di togliermi le scarpe e di cambiarmi, ma mentre apro l'armadio per trovare dei vestiti più comodi il telefono squilla di nuovo.

È un numero che non conosco: in questi casi non so mai se rispondere, perché se non so chi c'è dall'altra parte mi sento a disagio. Se sono con Gabriel faccio rispondere lui, altrimenti riattacco direttamente. Stavolta però sono curiosa di vedere chi mi sta chiamando a quest'ora di sabato. Dall'altra parte sento una voce familiare: «Ciao Luna, come stai?». Io non riesco a riconoscerla e mi viene spontaneo, anche se forse non è troppo educato, chiedere subito: «Scusa, ma chi sei?».

«Sono Zoe, non mi riconosci? Non hai salvato il mio numero?»

Più che altro non capisco dove lei possa aver trovato il mio! Ma poi mi ricordo che siamo tutti nel gruppo WhatsApp del corso di disegno, quindi sicuramente l'avrà preso da lì. Infatti lei continua: «Io il tuo l'ho salvato dal gruppo. Vabbe' non importa, adesso ce l'hai! Spero non ti dispiaccia se ti ho chiamata, magari a quest'ora ti stavi preparando per uscire».

«No no, sono a casa tranquilla.»

"In realtà tranquilla non lo sono proprio" penso guardando in basso verso il vestito luccicante che sto per togliermi, ma cos'altro dovrei dirle?

«Bene! Senti, se non ricordo male tu abiti vicino ai Navigli, vero?»

«Sì, perché?»

«Tra poco mi vedo con delle amiche in un locale che si trova proprio dalle tue parti! Se ho capito più o meno dove abiti, dovrebbe essere a due passi da casa tua. Se sei libera vuoi unirti?»

Mi prende totalmente alla sprovvista con la sua solita spontaneità e le sue domande dirette. Le rispondo che dovevo uscire ma che alla fine ho preferito rimanere a casa, senza entrare nei dettagli perché non voglio che sappia che mi hanno dato buca all'ultimo. Lei allora esclama entusiasta: «Ma dai, fantastico! Allora ti va di venire con noi? Guarda, sono già in zona. Se mi mandi un messaggio con l'indirizzo preciso, tra dieci minuti vengo a citofonarti! Il locale lo conosco benissimo, vedrai, ti piacerà un sacco».

Ci penso per qualche istante e mi rendo conto che l'alternativa è rimanere a casa sola con Salem, o peggio con mia mamma. Direi che uscire e divertirsi un po' non è per niente una cattiva idea, anche se Zoe la conosco poco.

Le rispondo subito, altrimenti se ci penso troppo finisco con il rifiutare la sua proposta. «Sì, va bene, volentieri! Ma tranquilla, se mi dai il nome del posto ci possiamo vedere direttamente lì.»

«Figo! A fra poco allora!» fa Zoe con un leggero stupore nella voce, come se non si aspettasse che avrei davvero accettato.

A questo punto mi restano pochi minuti per finire di prepararmi: mi guardo allo specchio e penso che vorrei cambiare completamente outfit, ma non ho tempo. L'unica cosa che mi viene in mente è che, già che ho tolto le scarpe, tanto vale metterne di più adatte: scelgo degli stivaletti neri che ho comprato da poco. Non avevo ancora avuto occasione di metterli perché di solito io con i tacchi non vado molto d'accordo, questi però, tutti neri con i profili argento, mi piacciono tantissimo e, tra l'altro, sono perfetti da abbinare al vestito.

Controllo l'orario sul cellulare, prendo il cappotto

e la borsa e corro alla porta salutando velocemente la mamma, che mi chiede: «Allora vai da Bianca?».

Io sono già in attesa davanti all'ascensore e le dico: «No, esco con altri amici, persone che ho conosciuto al corso di disegno».

«Persone chi? Luna, ma come parli? Lo sai che ci tengo a sapere con chi ti vedi!»

«Mamma, dai! Con un'amica che si chiama Zoe e altri suoi amici. Poi una volta la invito a casa così te la faccio conoscere, adesso scusa ma devo andare, mi sta aspettando qui sotto!»

Mia madre ha una faccia decisamente perplessa, ma per qualche ragione decide di non sollevare un'inutile discussione. Si stacca dalla porta di casa dove era rimasta con una mano sullo stipite e mi viene incontro sul pianerottolo, mi guarda dalla testa ai piedi con un sorriso, mi sistema una ciocca di capelli e torna verso casa, poi si blocca e si volta per ricordarmi con aria serissima: «Mi raccomando, come sempre devi essere a casa non un minuto dopo le undici, intesi? E tieni sempre il telefono a portata di mano».

In ascensore penso che per me tutto questo è stranissimo: uscire con una ragazza che ho conosciuto da poco, con altre persone che invece non ho mai visto, andare in un locale in cui non sono mai stata. Eppure, in contrasto con queste mie solite preoccupazioni, ho anche tanta voglia di fare nuove esperienze, quindi perché non cominciare da stasera?

***

Mentre aspetto Zoe davanti al locale sbircio oltre la porta per vedere che posto è, sembra carino.

«Eccoti! Lo sapevo che eri una puntuale, entriamo?»

«Sì, ma non è stato difficile» le rispondo sorridendo, «casa mia è davvero qua dietro.»

Mi saluta con il solito bacio sulla guancia, apre la porta ed entriamo. L'interno conferma la mia prima fugace impressione: è un club su due piani arredato con divani di pelle e tavolini di vetro. L'atmosfera è molto bella, le luci sono calde e soffuse, non è buio come in una discoteca, si riescono a vedere bene i volti delle persone. La musica è abbastanza alta e infatti ci sono già alcune persone in pista a ballare. Mi guardo intorno e vedo tanti ragazzi e ragazze che si divertono, bevono, mangiano, cantano, ballano. Zoe mi mette una mano sulla schiena come per guidarmi e indica: «Eccoli! Là ci sono i miei amici».

Ci siamo, è arrivato il momento di presentarmi, di parlare con persone che non conosco. Maledetta timidezza! Vedendomi un po' nervosa Zoe mi sorride in modo rassicurante e, come se capisse al volo i miei pensieri, mi dice: «Tranquilla, vedrai che ti piaceranno e tra pochi minuti sarai lì a ballare con loro!».

Un po' dubbiosa arrivo al tavolo, stringo la mano a tutti e mi siedo accanto a Zoe sul divanetto. La musica si alza sempre di più, le luci colorate iniziano a muoversi veloci e man mano che passa il tempo la pista da ballo si riempie, così anche gli amici di Zoe decidono di buttarsi tra la folla. È rimasta con noi solo una ragazza, che se ho capito bene si chiama Gloria, e mi chiede: «Cosa prendi?». Io non amo bere alcolici e non ho mai provato drink strani, anche perché in discoteca sono sempre andata solo per qualcosa di particolare come una festa di compleanno. Per non fare la figura di quella che prende una semplice Coca-Cola, preferisco dire: «No, niente grazie. Per ora sto bene così».

«Okay, non importa.» Voleva solo essere gentile, non le serve davvero compagnia per bere ciò che vuole, infatti subito dopo la vedo sorseggiare una bevanda verdastra da un bicchiere lasciato sul nostro tavolo. Poi rivolgendosi a me e Zoe continua: «Allora, venite a ballare?».

Io non rispondo perché anche in questo caso vorrei dire di no. Non me la sento di ballare in mezzo a tante altre persone che non conosco e, sinceramente, spero che sia Zoe a rifiutare per entrambe. Invece, con mia sorpresa, lei salta in piedi: «Sì, certo che veniamo. Luna?».

Ma io rimango della mia idea: «No, in realtà preferisco stare ancora in po' qui».

Ora Zoe capirà che vorrei rimanere al tavolo e, soprattutto, non da sola? Vedo che Gloria le porge la mano, lei la prende e vanno insieme in pista. Da lontano le vedo ballare insieme e con altri amici, come se conoscessero davvero tutti quanti. Sembrano semplicemente le persone giuste nel posto giusto.

E io cosa ci faccio qui? Brava Luna, bell'idea uscire per passare una serata incollata ai divanetti facendo la figura della scema.

Mentre me ne sto lì con lo sguardo un po' perso chiedendomi perché mai ho accettato quest'invito, mi sento osservata: alzo gli occhi e mi accorgo che Zoe si è staccata un po' dal resto del gruppo e mi sta scrutando come per accertarsi che vada tutto bene.

Per evitare di incrociare il suo sguardo provo a fingere di non averla vista. Ma poco dopo torna al tavolo e si lascia cadere accanto a me sospirando: «Sono distrutta, Luna, penso che ora me ne starò un po' qui con te!».

«Mi dispiace non aver ballato, ma non fa proprio per me.»

E lei, sorridente come sempre: «Ma va', non ti preoccupare, ti rifarai un'altra sera se ne avrai voglia, oppure la prossima volta cambiamo locale».

Io lo vedo come un invito a uscire ancora insieme e mi fa piacere. Non so neanche io bene perché ma mi sento a mio agio con Zoe e, finalmente, non mi faccio problemi a dire quello che sto pensando da tutta la sera: «Ecco, sì, però magari non andiamo a ballare».

Lei ride e poi mi dice: «Allora non vuoi proprio bere niente?».

«No, tranquilla, ma tu vai, non ti preoccupare, io ti aspetto qui.»

«Va bene, allora torno subito.» Mi dà un bacio sulla guancia e va al bar.

Io rimango immobile, come stordita da questo bacio di punto in bianco. Non capisco bene alcuni gesti di Zoe, ma forse è semplicemente fatta così. Ora che è al bancone, mentre sta parlando al cameriere, tiene un braccio intorno al collo di un suo amico: è molto affettuosa, non solo con me ma con tutte le persone che frequenta.

La guardo ordinare da bere e tornare verso di me e sento il mio sguardo indugiare sui suoi movimenti. Ci sono tante cose di lei che mi risultano difficili da comprendere.

Per un secondo una luce azzurra illumina il suo viso quando si volta per salutare una ragazza. I suoi capelli rosa si muovono leggeri, come agitati dal vento, mentre sorride con il suo fare spontaneo. Non posso fare a meno di pensare che Zoe sia davvero bella, è come se fosse magica.

Forse dovrei lasciarmi andare un po' di più, ormai sono qua, voglio davvero starmene tutta la sera piantata in un angolo? Cosa può succedere di tanto catastrofico se decido di andare un momento in pista con lei? Potrebbe essere divertente e se invece non mi piace posso sempre tornare qui a sedermi.

Nel momento in cui si gira di nuovo verso di me mi rendo conto che la sto fissando. Cerco di distogliere subito lo sguardo ma lei mi fa un cenno con la mano, facendomi capire che di lì a poco tornerà da me.

10

Milano, 11 dicembre

Sto ballando in pista, stordita dalla musica e dalle luci che sono sempre più luminose, fino a diventare quasi accecanti. Sento il mio corpo che si lascia andare, una cosa sola con il ritmo che ci pulsa intorno: siamo tutti uguali, tutti insieme, come se la musica riuscisse a legarci e cancellare ogni differenza o distanza che può esistere tra di noi. Le braccia e le gambe non rispondono più al mio volere, mi sento libera come non sono mai stata, ma anche totalmente fuori controllo, un burattino scosso dagli impulsi sonori delle casse che ci circondano.

Boccheggio e vorrei prendere aria ma non riesco a smettere di ballare, come se un incantesimo mi avesse privato della mia volontà. È angosciante, ma non c'è nessuna possibilità di smettere e adesso tutti mi guardano, ridono di me sempre più forte, una risata assordante che mi si stringe intorno. Con uno sforzo di volontà sovrumano riprendo contatto con il mio corpo: mi sfilo gli stivaletti e a piedi nudi, senza nessuna fatica, mi alzo in volo sulla massa di persone che continua a ballare al ritmo vorticoso della musica. Sfreccio sopra il tetto del locale e sulla via animata di ragazzi in attesa di entrare. Quando vedo il Naviglio dietro di loro mi ci tuffo con delicatezza, nuotando fino a un prato morbidissimo e illuminato da una miriade di stelle. L'atmosfera che trovo è così dolce che mi sdraio e mi addormento in un benessere assoluto. Con gli occhi chiusi e il profumo di fiori che mi circonda, vengo improvvisamente stordita da un rumore assordante che proviene da lontano, ma è così forte che scuote il terreno, come un terremoto.

Quando apro gli occhi tutto ciò che vedo sono solo le pareti della mia stanza. Le sensazioni provate ieri notte e la mia fantasia si sono fuse così tanto che mi ci vuole un bel po' per capire che stavo solo sognando. In questi casi mi piace mettermi subito a disegnare prima che le immagini sfumino via dalla mente, ma il suono fastidioso che mi ha svegliato era il mio cellulare.

Con gli occhi ancora socchiusi accarezzo Salem,

che è accucciato sull'altro cuscino del mio letto, prendo il telefono e leggo sullo schermo «Papà». Basta questo a riportarmi violentemente alla realtà come una secchiata d'acqua fredda. Rispondo, ma non faccio in tempo a salutarlo che lui mi chiede: «Luna, a che ora sei tornata a casa ieri sera?». È arrabbiato e capisco che sa già tutto.

Mettendomi una mano sulla fronte, come per alleggerire il mal di testa, ripenso a quello che è successo poche ore fa.

Sono tornata a casa dopo le due, senza neanche avvisare la mamma che avrei tardato. Alla fine ho ballato moltissimo e ho ceduto alla richiesta di Zoe e dei suoi amici di assaggiare i loro drink, mi sono divertita così tanto da non accorgermi del tempo che passava. Alla chiusura del locale è stata Zoe a dirmi: «Vuoi che ti riaccompagni a casa?» ed è lì che mi sono resa conto di non aver mai guardato il cellulare. Mi è bastato vedere le mille chiamate perse di mia mamma per capire che avevo fatto un casino, così ho deciso di rientrare in casa sgattaiolando per non farmi sentire. La cosa, però, non ha funzionato: lei mi aspettava ancora sveglia in camera mia, pronta a farmi una delle sue ramanzine. Sicuramente stamattina appena sveglia avrà subito chiamato papà e ora sono entrambi furiosi con me.

«So che sai di aver sbagliato ma almeno potresti rispondermi. Luna, ci sei?»

Ha ragione, se c'è qualcuno che mi conosce alla perfezione, quello è mio padre. So di aver sbagliato e quindi chiedo semplicemente scusa sperando di addolcirlo, ma ho la bocca impastata, faccio fatica anche a parlare e a ragionare, sento che lui per la prima volta è molto fermo e arrabbiato. Di solito è la mamma a essere fissata con le regole, ma stavolta anche papà ha abbandonato i toni dolci e pacati che usa anche quando mi deve riprendere.

«Ma papà, ti prometto di non farlo più! Ero in un locale con degli amici, mi stavo divertendo e non mi sono resa conto che si stava facendo tardi, c'era musica alta e non sentivo il cellulare squillare.»

«Non lo sentivi? Ma ti rendi conto di quante volte ha provato a chiamarti la mamma?»

«Dai, alla fine è la prima volta che non rispetto gli orari, non è successo niente di grave!»

Ma lui è veramente fuori di sé e lo sento quasi urlare: «Luna, non permetterti di parlarmi così! Il fatto che tu stia bene non toglie niente alla preoccupazione che ci hai dato e, ormai, se ti senti abbastanza grande da poter fare certi orari dovresti essere anche abbastanza matura da capire che siamo stati male per causa tua e che ora non sappiamo più se possiamo fidarci di te!».

A questo punto rimango in silenzio, cercando le parole per rispondere alle sue accuse, ma lui continua: «Che non accada mai più! Chiaro? Da te non ce lo saremmo mai aspettati».

È la prima volta che lo sento così deluso. Allo stesso tempo, però, devo ammettere che mi sono divertita tantissimo e che non sono veramente pentita per ieri sera, anzi se tornassi indietro lo rifarei. Tutti i ragazzi della mia età fanno questo genere di cose, tornare tardi a casa non è la fine del mondo.

Chiudiamo la telefonata salutandoci in modo brusco.

Anche se forse per Zoe e i suoi amici non sarà stata una serata così speciale, per me è stata veramente diversa dal solito. All'inizio non ero molto a mio agio, ma è come se nell'arco di una sera avessi scoperto un lato nascosto di me, e ne sono felice.

Ho perso la cognizione del tempo e forse non è un caso che io non abbia mai guardato il cellulare: volevo proprio prendermi quella sera per me stessa, senza che nessuno mi potesse disturbare. Mentre ballavo non avevo nessun altro pensiero, avevo solo voglia di godermi la musica e la compagnia.

Per tutta l'estate ho provato inutilmente a distrarmi, facendo tante cose diverse e occupando la mente con mille attività, ma solo ieri sera finalmente ci sono riuscita. La cosa che più mi sorprende, però, è il fatto di aver condiviso questo momento con una persona che conosco da pochissimo e non con i miei amici più cari.

Ormai sono sveglia, ma per evitare un'altra discussione con la mamma decido di restare a letto ancora un po'. Sveglio Salem per giocare con lui e continuo a ripensare a ieri sera.

11

New York City, 18 gennaio

Al ritorno da scuola Katy mi ha detto che stasera lei e George escono a cena con degli amici. È la prima volta che mi lasciano a casa da sola per più di due ore e mi sento sollevata perché, dopo tutto questo tempo, avevo realmente bisogno di uno spazio solo mio.

Mentre salgo le scale per andare in camera penso a cosa potrei fare: magari mi cucino un piatto di pasta, visto che ormai non la mangio quasi più, e poi mi vedo un film. La cosa assurda è che, dopo avere desiderato follemente una semplicissima serata da sola per fare tutto a modo mio, ora che ne ho l'occasione mi è passata la voglia, anzi l'idea inizia a non piacermi più. Potrei sentire le ragazze della band, ma non ho voglia di andare in un posto affollato e ancor meno di prendere i mezzi a quest'ora. Allora mi viene in mente Kasper.

Quel giorno in giro per Manhattan siamo stati benissimo. La nostra passeggiata nell'East Village, quando mi ha fatto vedere la sponda di Brooklyn da Manhattan, ha significato molto per me: prima di quel momento non avevo mai considerato quante possibilità realmente mi si possono aprire se solo sono disposta a vederle, se non mi fisso sulla delusione per cose che nei miei sogni mi immaginavo totalmente diverse.

Mi piace la compagnia di Kasper. Dopo quel giorno così speciale siamo usciti insieme solo una o due volte perché i suoi impegni, tra scuola e lavoro, sono tantissimi. Certo, ci siamo inviati un sacco di Snap per condividere le nostre avventure, ma non è come vedersi davvero. In più con il fatto che lui ha passato tutte le vacanze di Natale in Italia dai nonni, è un mare di tempo che non lo vedo. E se stasera lo invitassi qui?

È strano che abbia pensato a una persona che tutto sommato ho incontrato sì e no tre volte, però tra tutti quelli che ho conosciuto in questi mesi lui, con quel sorrisone che gli dà un'aria da scemo, è l'unico che mi fa davvero ridere.

Prendo il telefono e lo chiamo subito. Mi risponde con il suo tono di voce grave ma allegro e mi saluta come sempre: «*Hello Brownie*! Come stai, *sweetie*?».

Io vado dritta al punto: «Ciao Kasper, stasera cosa fai?».

«Sono distrutto! Sto uscendo ora dall'università, questo corso del mercoledì finisce tardissimo.»

«Ah sì? Be', Katy e George sono fuori a cena, se vuoi puoi venire qui, magari ti cucino qualcosa di italiano.»

Lui scherza con fare malizioso: «È un appuntamento?».

«Ti do tre secondi per rispondere e poi il mio invito, puff, svanirà nel nulla. Uno...»

«*Okay, let's do it.* Ma solo se la pasta è fatta in casa da te.»

«Come no, certo, sono qua col matterello! Non ci penso proprio, però sappi che la mia carbonara è buonissima!»

«Questo sarò io a deciderlo, *honey*! Arrivo per le sette, okay?»

Lo saluto nel mio solito modo un po' sintetico con un: «Okay, a tra poco», ma sono felice che sia libero e che abbia accettato.

Mentre lo aspetto vado in cucina e apro la dispensa. Ovviamente non c'è nessun pacco di pasta, allora guardo l'orologio sulla parete: ho ancora tempo prima che Kasper arrivi. Prendo il cappotto ed esco per fare una spesa veloce.

«*Brownie*, per una volta avevi ragione tu, lo ammetto!» Kasper mangia di gusto la carbonara, che in effetti è uno dei pochi piatti che so fare davvero bene. Intanto chiacchieriamo di mille cose futili e divertenti e come sempre non riesco a smettere di ridere. Quando finiamo di mangiare Kasper si fa serio e mi dice: «Sai a cosa stavo pensando? Che quando ci vediamo stiamo proprio bene, però in realtà non ci conosciamo per niente».

Ignorando il suo tono, gli chiedo scherzando: «Cosa vuoi, che ti chieda qual è il tuo animale preferito?».

Kasper ha un attimo di esitazione, come se stesse cercando la risposta giusta da darmi, poi sempre serissimo annuncia: «Per me *squirrel* lo scoiattolo. Si dice così in italiano?».

Io scoppio a ridere, non mi aspettavo che prendesse alla lettera la mia domanda, ma lui continua dicendo: «Ehi, non prendermi in giro, sono belli gli scoiattoli! E poi mi ricordano la mia infanzia, perché la domenica andavo sempre a Central Park con i miei genitori e giocavo a rincorrerli. Mi piaceva tantissimo, ancora adesso quando ci vado non posso fare a meno di guardarli e qualche volta se non mi vede nessuno gli faccio le foto! E il tuo?».

«La pantera» gli rispondo con un filo di voce. Quando ero piccola ero fissata con Bagheera del *Libro della Giungla* e quando lo dicevo alle maestre o ai compagni tutti mi guardavano come se fossi una pazza: normalmente alle bambine piacciono i gattini e i cagnolini. Tuttora sono abituata a sguardi perplessi quando ne parlo, ma Kasper non è per niente sorpreso, anzi mi dice: «Ci avrei scommesso!».

C'è un attimo di silenzio in cui si accorge che io non ho capito che lui vorrebbe andare avanti con il gioco, infatti mi dice: «Altre domande?».

Allora ci penso un attimo e poi decido di chiedere un'altra cosa veramente semplice, che mi fa sorridere prima ancora di dirla. Stasera va così, come se fossimo tornati tutti e due un po' bambini.

«Qual è il tuo colore preferito?»

«Il bianco!»

«Ma il bianco non è un colore» lo rimprovero.

«Mi hai fatto una domanda e questa è la mia risposta: io adoro il bianco perché è neutro però luminoso, *it's bright!* E poi mi ricorda New York sotto la neve.»

Ridendo gli dico: «Ma allora sei fissato con New York!».

Nel frattempo ci alziamo da tavola e ci sediamo sul divano, ognuno con la propria bottiglia di birra in mano.

«Invece il mio colore preferito è davvero un colore, ed è il rosso.»

«Strano! Non è il nero?»

«No, quello è il colore della mia anima!» gli dico io in modo naturale.

Kasper scoppia a ridere fragorosamente e si vede che non è per niente d'accordo. Io faccio finta di infastidirmi e gli tiro una pacca sul braccio. Mi fa piacere che capisca le mie battute, perché vuol dire che ci troviamo in sintonia, che c'è complicità.

Dopo aver riso così tanto si ferma di colpo e assume un'aria più concentrata, come se stesse riflettendo su qualcosa di importante. Mi accorgo solo adesso che, giocando, ci siamo avvicinati molto, i nostri visi sono vicini e le nostre gambe si toccano.

Lui mi guarda negli occhi: «Ho io una domanda per te, Gemma: come mai non hai ancora provato a baciarmi?».

12

Milano, 18 gennaio

Guardo l'orologio: sono le quattro e spero che la mamma non rientri così presto dal lavoro. Vorrei uscire senza darle troppe spiegazioni e magari mandarle un messaggio quando sarò già arrivata.

Io e Zoe abbiamo deciso di vederci da lei questo pomeriggio e poi fare un giro dalle sue parti.

Quando passo per il salotto diretta alla porta, però, vedo che su una sedia sono comparse la sua giacca e la borsa del computer.

Dev'essere appena rientrata. Un istante dopo sento la sua voce nel corridoio che mi chiede: «Dove stai andando, Luna? Esci con Gabriel?».

Sul momento sono indecisa se dirle la verità o mentire. Lei non ha ancora conosciuto Zoe e, soprattutto, non credo sarebbe molto felice di sapere che esco di nuovo con lei, considerando com'è andata a finire quella volta nel locale. Per evitare ogni discussione prendo la palla al balzo e rispondo: «Sì, sì, esco a fare un giro con lui».

Lei ci pensa un attimo su e poi, forse anche per non fare sempre quella che ha qualcosa da ridire, mi risponde semplicemente: «Va bene, però occhio al telefono, mi raccomando: ti aspetto per cena».

Arrivo in metro all'Isola, il quartiere dove abita Zoe. Mi sembra davvero carino e movimentato, in giro ci sono un sacco di ragazzi, c'è l'allegria dei bambini che giocano fuori da una scuola elementare. A pochi passi dalla fermata della metro trovo il portone del suo condominio e suono. Mi risponde lei: «Sali pure, Luna, sono al terzo piano».

Era un po' di tempo che volevo vedere casa sua, scoprire dove abita, i suoi spazi. Spero solo che non ci siano i suoi coinquilini. Preferirei sapere di essere lì da sola con lei, anche perché sono tutti più grandi di me e il fatto di entrare in una casa di persone che fanno una vita completamente diversa dalla mia, che vanno all'università o già lavorano, da un lato mi incuriosisce e dall'altro mi mette in soggezione.

Spingo il portone più lentamente che posso e salgo le scale pian piano, pensando tra me e me a cosa potrei dire e cercando a ogni scalino di scrollarmi di dosso un po' dei miei stupidi timori.

Arrivo alla porta, che è già aperta, ed entro nell'appartamento chiedendo permesso.

«Entra, Luna! Arrivo.»

Zoe accorre subito per salutarmi con due baci sulla guancia. Il salotto è arredato in modo molto essenziale, con colori neutri come il bianco e il grigio, però è disseminato di oggetti che appartengono evidentemente a persone diverse: c'è una chitarra vicino a dei libri di cucina, il mobiletto della tv è sommerso di tazze da tè e dvd horror e il divano bianco è ingombro di cuscini gialli e arancioni. È come se ogni persona che abita qui avesse aggiunto il suo tocco, dando tanta personalità ma anche una certa confusione all'ambiente.

Zoe mi fa strada verso la sua camera, passiamo un corridoio dove ci sono diverse porte chiuse. Immagino siano le stanze dei suoi coinquilini e quando mi volto verso di lei come per chiederle se ci sono anche loro, mi tranquillizza: «Per ora siamo sole! Tra poco Jacopo tornerà dalla palestra, ma Giulia e Deborah sono ancora al lavoro».

Un po' sollevata la seguo verso camera sua. Zoe apre la porta e mi fa entrare.

"Finalmente forse riuscirò a capirti" penso varcando la porta: qui c'è tutto ciò che si è portata a Milano da quando si è trasferita, è il suo mondo. Mentre lei va in bagno a finire di truccarsi io ne approfitto per guardarmi intorno, perché so già che appena Zoe tornerà qui inizierà a raccontarmi qualcosa, distraendomi da tutte le piccole cose che io invece voglio osservare con attenzione.

Le pareti sono bianche, ma la stanza risulta lo stesso coloratissima perché i muri sono tappezzati di disegni. Non ci sono solo schizzi, ma veri e propri quadri fatti con acquarelli, colori a olio e collage. Rimango affascinata. Al corso posso solo vedere come esegue i piccoli compiti che ci dà il professore, invece qui ho davanti al cento per cento quello che lei riesce a esprimere.

Riconosco che alcune tele riproducono delle opere d'arte famose che penso avrà copiato per esercitarsi, altre invece sono più astratte e composte solo da macchie di colore, altre ancora sono veri e propri quadri originali, con tanto di firma. Zoe ha deciso di appenderli tutti, anche se non sono legati dallo stesso tema o tecnica, e questo mi piace. Poi guardo verso il pavimento e noto che il letto non ha una vera e propria struttura, il materasso matrimoniale è appoggiato su bancali di legno dipinti di bianco. Sopra, le coperte sono arruffate e ci sono tanti cuscini, è come se più che un letto fosse un enorme divano; accanto c'è una pila di riviste di arte e di moda che arriva a un'altezza ideale per farle da comodino, infatti sopra ci ha appoggiato un profumo e un libro, una biografia di Frida Kahlo. Il resto della camera è molto semplice, tutta sui toni del rosa e dell'azzurro. Noto anche che abbiamo una cosa in comune: entrambe non siamo molto ordinate.

Quando entra, Zoe va subito verso la cassettiera su cui sono appoggiati un giradischi e una collezione di vinili accatastati uno sopra l'altro. Si gira e, mentre sta per mettere un disco sul piatto, mi dice: «Hai mai ascoltato i Thirty Seconds To Mars?». Parte una canzone dai suoni leggeri e io me la immagino come colonna sonora ideale di un sogno ambientato tra le nuvole. Si addice perfettamente ai modi di fare di Zoe, così delicati.

Si siede sul letto e cerca di mettermi a mio agio: «Siediti pure dove vuoi, tranquilla. Ti piace la canzone? Si chiama *Bright Lights*».

Annuisco convinta ma non dico nulla, sistemandomi accanto a lei. Giuro che vorrei parlare, ma in queste situazioni non riesco proprio a trovare le domande o gli argomenti giusti per portare avanti la conversazione. Ogni volta mi arrabbio con me stessa, ma è più forte di me.

Per fortuna Zoe viene in mio aiuto: «Allora, eri già stata qui all'Isola? Che ne pensi del quartiere?».

«In realtà no, infatti mi sono incasinata un po' per arrivarci con la metro, però ho notato subito che qui c'è tanto movimento, tanti ragazzi. Anche se non ho visto molto, mi piace.»

Zoe sorridendo mi dice: «Dai, fantastico, quindi dopo dobbiamo brindare alla tua prima volta qui!».

«In effetti ci sono tante cose che vorrei fare per la prima volta! Ho una lista lunghissima.» Le dico così, tanto per continuare il discorso.

Lei invece sgrana gli occhi e si tira su mettendosi un altro cuscino dietro la schiena: «Ma no, non ci posso credere! Anche tu fai le liste dei desideri che vuoi realizzare? Credevo di essere l'unica! Lo sai che le scrivevo fin da quando ero bambina sul mio diario segreto?».

«Sarò sincera, non ne ho mai fatte! Però mi hai

dato una bella idea. Tra l'altro io ho veramente tanti desideri, l'unico problema è che spesso mi manca il coraggio.»

«E che problema c'è?» ride Zoe. «Per quello ci sono io! Ormai l'hai capito, no? Io sono una di quelle persone che anche se c'è il rischio si butta, certo non è che la cosa sia sempre positiva, anzi spesso e volentieri combino dei disastri allucinanti, però alla fine è divertente. Com'è quella frase? Meglio avere rimorsi che rimpianti, no? Dimmi allora, cos'è che ti piacerebbe fare?»

Io ci rifletto un attimo e non so se è il caso di condividere qualcosa di impensabile o di iniziare con un desiderio più realistico. Mi viene in mente la forza che ho dovuto mettere per convincere mia mamma a prendere un gatto, lo volevo sin da bambina. Diciamo che riuscire ad avere Salem non è stato per niente facile!

«Be', per esempio ho sempre desiderato un gatto e finalmente, dopo essermi impuntata per un sacco di tempo, sono riuscita a ottenerlo. Questo è uno dei desideri che sono riuscita a realizzare.»

Zoe ribatte: «Ma non vale! Il gatto ce l'hai già, no? Prova a dirmi una cosa che ancora non hai mai fatto e che vorresti fare».

Inizio a pensarci su, intanto lei mi dice: «Per esempio, a me piacerebbe andare a pattinare sul ghiaccio».

Io mi meraviglio: «Ma come, non ci sei mai andata? I miei mi ci portavano sempre quando ero piccola. Però adesso che ci penso è una vita che non ci vado».

«Perfetto, così mi insegnerai tu!»

Solo dopo aver sentito il suo esempio capisco che Zoe non intendeva esprimere chissà quali pazzie irrealizzabili come «voglio fare il giro del mondo» o «voglio vincere l'Oscar», ma bastavano dei piccoli desideri, delle cose semplici però in qualche modo speciali.

In effetti un desiderio del genere ce l'ho anch'io: «Vorrei tanto trovare il coraggio di andare in un parco divertimenti e fare finalmente le montagne russe più spericolate, perché ho sempre avuto troppa paura e non ci sono mai riuscita. So che poi in realtà ci si diverte tantissimo e quindi vorrei provare quest'emozione!».

Lei sorride: «Questo sì che è un bel desiderio! Lo sai, qualcosa mi dice che riusciremo prestissimo a spuntare la nostra lista» e si sdraia sul letto guardando il soffitto con aria sognante. Poi continua: «Hai presente quando si vede nei film che i protagonisti partono in una bella giornata di sole sulla macchina decapottabile, con il vento tra i capelli e la musica ad alto volume? Fanno giri e giri per strade desolate solo per divertirsi, in cerca di avventure... Sarebbe fantastico poterlo fare davvero!». Mentre lo dice io già immagino la scena, penso che anche a me piacerebbe molto e le rispondo: «Sì, sarebbe bello!» e lasciandomi finalmente andare mi appoggio anche io sui cuscini sdraiandomi di fianco a lei.

Mi guardo intorno rendendomi conto che sto benissimo qui, circondata da tutti i suoi disegni con i colori allegri e accoglienti, e aggiungo d'istinto: «Ecco, ne ho pensato un altro: potremmo andare in un parco e starci fino a notte fonda, così magari riusciamo a vedere le stelle».

A questa proposta Zoe si alza appoggiandosi sulle braccia e dice: «Sì! Ti immagini quanto sarebbe bello vedere le costellazioni? Però bisogna trovare un posto abbastanza lontano dalla città, così tutt'intorno sarà davvero buio. Ci possiamo andare in motorino!».

Mi accorgo che entrambe abbiamo iniziato a parlare spontaneamente al plurale, come se questi ultimi desideri li avessimo pensati solo per noi due.

Continuo a guardare il soffitto e inizio a immaginarci già in quel parco, sdraiate insieme sull'erba, pronte a scoprire se i desideri espressi alle stelle cadenti funzionano davvero.

Intanto lei si allunga verso di me, mi tocca le punte dei capelli e mi dice: «Ti starebbero bene le ciocche colorate, ci hai mai pensato?».

In effetti è da un po' di tempo che mi è venuta voglia di cambiare qualcosa di me.

«A dir la verità sì, mi piacerebbero lilla.»

Lei sorride e mi dice in tono scherzoso: «Allora abbiamo trovato un altro desiderio da aggiungere alla lista!» e io per l'ennesima volta da quando la conosco mi meraviglio di come riesca sempre a essere così serena e sorridente, di come a lei venga tutto così spontaneo.

Mi sento completamente diversa da lei. Spesso io divento rigida pensando a cosa dovrei dire o fare per non sembrare fuori luogo, invece vorrei tanto imparare a essere un po' più come lei per lasciarmi andare con semplicità a quello che succede.

Questo desiderio, però, non lo dico ad alta voce, anche perché Zoe non me ne lascia il tempo: mi accarezza una guancia, si avvicina e mi bacia.

13

New York City, 18 gennaio

Mi allontano da Kasper di colpo. Improvvisamente mi rendo conto che questa nostra vicinanza mi dà fastidio. Ecco, è successo di nuovo! Con i ragazzi va sempre a finire così: dopo due volte che ci esci iniziano a provarci e poi non riesci a frequentarli come prima, ma soprattutto non puoi più considerarli amici. È più forte di me, questo comportamento mi dà i nervi. Perché non accettano mai un rapporto per quello che è e vogliono sempre altro?

La cosa peggiore è che se fosse successo con un ragazzo conosciuto in discoteca sarebbe stato un conto, ma con Kasper pensavo proprio che fosse diverso. Credevo che non ci fosse nemmeno bisogno di chiarire il nostro legame, mi sembrava così evidente, invece mi sbagliavo: lui è proprio come tutti gli altri.

Non riesco neanche a guardarlo in faccia, con questa sua domanda è riuscito in tre secondi a cambiarmi l'umore e farmi venire voglia di cacciarlo di casa all'istante. Mi fisso la punta delle scarpe cercando di decidere velocemente come reagire, quando lui rompe il silenzio: «Scusami, forse ho sbagliato, c'è qualcuno di cui non mi hai parlato?».

Al ché mi giro ancora più infastidita e gli dico: «Il problema non è se ho già qualcuno oppure no, il problema è che io volevo essere tua amica! Facendomi questa domanda hai rovinato tutto!».

Kasper spalanca gli occhi per la sorpresa e poi resta in silenzio per un po': starà cercando le parole giuste da usare. La mia reazione deve averlo confuso, allora provo a essere più comprensiva e decido di non partire in quarta come al solito.

Dopo qualche istante mi guarda negli occhi, come se stesse per rivelarmi qualcosa di veramente personale. Poi con tono serio mi fa: «Anch'io volevo essere tuo amico, Gemma. In realtà non lo so nemmeno io perché ti ho fatto questa domanda. Quando conosco una ragazza va a finire sempre con un bacio o con lei che esprime interesse nei miei confronti. Sarà per il mio modo di fare o per il mio aspetto, ma non ho mai avuto una ragazza come amica, i miei amici sono tutti maschi».

Si passa la mano tra i capelli, non per metterli a posto ma quasi per scompigliarseli peggio di prima, e continua a parlare fissandomi negli occhi con un'aria quasi triste: «*I'm sorry*, Gemma. Avevo capito dal primo momento che tu eri diversa, ma non ho resistito alla solita abitudine di voler fare il figo a tutti i costi. Ho sbagliato e ti chiedo scusa. Vuoi essere ancora mia amica, *Brownie*?».

Lo guardo in silenzio, non credevo che si sarebbe aperto in modo così sincero proprio in questo momento. Capisco l'emozione sincera che c'è nelle sue parole e gli appoggio una mano sulla gamba, ma non sono brava con le parole dolci e ancor meno a rincuorare le persone. Lo guardo negli occhi sperando che lui ci possa leggere dentro e Kasper alza leggermente gli angoli della bocca, come se aspettasse il mio permesso prima di tornare alle sue battute deficienti.

«Certo che sono diversa! Anche se tu ti innamorassi di me non avresti molte speranze. I ragazzi non è che mi piacciano molto, diciamo che ho altre preferenze» e il mio tono è ironico per aiutarlo a capire cosa intendo dire.

Lui mi sorride e riportando il ciuffo dove dovrebbe stare, come se fosse tornato in sé, mi domanda: «Ma quindi è vero che hai conosciuto qualcuno? Cioè qualcuna?».

È la seconda volta che me lo chiede e, dopo quello che mi ha appena raccontato di sé, penso che di lui posso fidarmi. Questa è una domanda fatta non solo per curiosità, ma per conoscermi davvero. E poi dai, è inutile nasconderlo, la verità è che da mesi non vedevo l'ora di poter parlare veramente con qualcuno che non sia dall'altra parte del mondo!

«Okay, hai vinto. Sì, c'è una persona, ma non è qui. In realtà non stiamo nemmeno insieme, è una cosa che praticamente vive tutta nella mia testa. Lei sta in Italia, quindi figurati! L'ho conosciuta l'anno scorso, era la nuova arrivata in classe e mi è piaciuta da subito, ma non chiedermi il perché. Hai presente quando capisci di provare qualcosa ma senza un motivo preciso? Credo che entrambe fossimo abbastanza confuse visto che solo alla fine della scuola, verso giugno, siamo riuscite a parlarne. Sono quelle cose così, senza senso, che accadono un po' per caso.»

«No, Gemma, non lo so, *I really don't know how it works*. Scusa, su questo penso che sono davvero ignorante, che ancora dell'amore non ho visto proprio niente. È meglio se vai avanti a raccontarmi tu, *sweetie*. Mi sembra bellissima la tua storia senza senso.»

«Ah sì? Allora aspetta perché adesso ne avrà ancora meno» gli dico io un po' scherzosa e un po' triste. «È stato un disastro, Kasper. Il problema è che io ormai ero stufa di Milano, avevo già organizzato tutto per andarmene. La cosa più folle è che non mi riconoscevo più in me stessa, capisci? Come se un giorno dopo l'altro avessi costruito una specie di personaggio che non mi era nemmeno simpatico. Non sapevo più chi ero. Pensavo solo al giorno in cui sarei venuta qui a New York e avrei potuto lasciarmi alle spalle quella Gemma che sceglieva come comportarsi solo per apparire la migliore agli occhi degli altri. Ero circondata da persone che volevano essere mie amiche solo perché tutti lo volevano essere. Assurdo. Solo Gabriel mi conosce veramente.»

Intanto ci mettiamo il giubbotto e lo accompagno in giardino a fumare una sigaretta. È una notte fredda e serena, con un vento leggero che porta l'odore dell'East River e una mezza luna più splendente che mai. La indico a Kasper, che mi ha chiesto di continuare il mio racconto: «Lei si chiama così, Luna. In pratica non abbiamo quasi fatto in tempo a conoscerci che la scuola è finita e a quel punto sono stata io a decidere che sarebbe stato meglio non vederci e non sentirci più».

«Quindi non c'è stato niente tra di voi?»

«Sì, ci siamo baciate due volte e sono stata sempre io a prendere l'iniziativa, ma ormai cosa potevo fare? Per me sarebbe stato un casino legarmi a lei, visto che prima di partire volevo tagliare tutti i ponti con Milano. In realtà, però, da quando sono qui è come se la distanza, anziché farmela dimenticare, me la stesse facendo tornare in mente molto più di prima! Poi, con questo bel carattere che mi ritrovo, l'unica cosa che sono riuscita a fare è stata trattarla sempre peggio: non l'ho invitata a salutarmi in aeroporto, non l'ho mai più chiamata, non le ho nemmeno detto che per Natale non sarei tornata a Milano. Per la prima volta non so davvero cosa sarebbe meglio fare. Da un lato vorrei mollare tutto, tornare indietro e provare a vivermi questa cosa con lei, sempre ammesso che sia ancora interessata a me dopo tutto quello che le ho fatto. Poi, però, mi guardo attorno e vedo New York, di cui veramente mi sto innamorando.»

Mentre parlo guardo Kasper dritto negli occhi, per fargli capire che se mi sto trovando così bene qui è anche grazie a lui. Riprendo fiato. Non sono abituata a parlare di cose così personali se non con me stessa o con Gabriel, ma lui è un'altra cosa.

Spero soltanto di non fargli pena, adesso, e che non si senta in dovere di riempirmi di consigli, perché non è questo il motivo per cui mi sono sfogata con lui. Volevo farlo, punto e basta. Gli sono grata per essere stato in silenzio, perché alla minima interruzione sarei sicuramente tornata al mio solito tono da finta scocciata. Tutto ciò che vorrei in questo momento è...

«Un abbraccio?» Kasper rompe il silenzio.

«Cosa?» chiedo io sussultando.

«Se vuoi un abbraccio» mi dice aprendo le braccia.

«Gli abbracci non si chiedono, ti devo insegnare tutto?» sbuffo io avvicinandomi a lui.

Ora la nostra vicinanza non mi dà più fastidio, anzi mi rassicura. Stasera ho capito di aver trovato un vero amico.

14

Milano, 16 febbraio

Oggi la sala del corso di disegno è immersa in un silenzio concentrato e accanto a ogni postazione è stato montato un cavalletto.

Mentre sto dando gli ultimi ritocchi alla mia tela vedo Gabriel sporgersi per sbirciare. Gli sorrido felice e gli sussurro: «Ti piace? Io sono troppo soddisfatta!».

Lui sorride e mi fa solo un segno di approvazione per non attirare l'attenzione del prof, che sta facendo il giro per dare a ciascuno i suoi suggerimenti.

Guardo il mio lavoro, sono davvero orgogliosa del risultato e, forse per la prima volta, non vedo l'ora che il professore passi dalla mia postazione. Ho voluto osare e abbandonare il mio solito tratteggio a matita, mi sono lasciata andare e ne è venuta fuori un'esplosione di colori. Sono davvero fiera di come sto imparando a gestire l'acquarello e non riesco a tenere per me la domanda che mi viene in mente. «Che dici, scelgo questo per la mostra di fine anno?» bisbiglio ancora rivolta a Gabriel, prima di riportare lo sguardo sul quadro.

Sul cavalletto c'è un prato verde ricolmo di rose variopinte. Ci sono fiori azzurri, rosa e viola su uno sfondo verde chiaro. Sono illuminati da una fonte di luce che sul disegno non compare, ma nonostante ciò i colori sono leggeri e acquosi. Non so nemmeno io quale sia stata l'ispirazione per questo dipinto, è un'immagine creata per l'occasione, eppure non riesco a smettere di lavorarci. Ho ragionato molto sulla scelta del soggetto e non è stato facile realizzarlo, ma mi sembra di essere riuscita a distillare in quest'immagine tutto quello che ho vissuto nelle ultime settimane, le emozioni colorate e la quantità di persone che non avrei mai pensato di conoscere in così poco tempo, la musica, i mille stimoli che ho ricevuto e che stanno facendo di me una persona completamente nuova.

Quando il prof si avvicina mi alzo in piedi e sento il cuore che batte forte. Sono sicura che gli piacerà tantissimo e sarà fiero di vedere sulla tela il frutto di tutto quello che mi ha insegnato in questi mesi. Osserva il mio quadro con molta attenzione senza dire niente, con la sua solita espressione indecifrabile ma comunque interessata.

«Luna, sapresti dirmi cosa ti ha spinto a scegliere di dipingere questa tela?»

Non mi aspettavo una domanda del genere. Ero pronta a consigli e suggerimenti, non a una domanda così diretta, alla quale oltretutto non ho una reale risposta.

«Certo» dico con tono neutro per nascondere la mia insicurezza. «Credo sia un insieme di emozioni che...»

«Credi?» mi interrompe il professore. «Ti ho vista lavorare per molte lezioni a questo quadro, perché dovresti avere dubbi sul significato che ha?»

Io lo guardo, rifletto e decido di esprimere con sincerità ciò che penso del mio dipinto: «Ha ragione, la verità è che questo prato di rose esprime la nuova me, è come rinascere insieme alla primavera, che tra l'altro è la mia stagione preferita. Ho scelto tutti questi colori per indicare la diversità delle emozioni, positive e negative. Ne sono sicura, mi rappresenta al cento per cento».

Fiera della mia spiegazione attendo finalmente un complimento dal prof ma lui, ignorando ciò che ho appena detto, mi chiede: «È questo che vuoi presentare alla mostra?».

«Ancora non lo so, ci stavo giusto pensando» rispondo mantenendo un tono sicuro.

A questo punto prende una sedia libera e si accomoda di fronte a me. È una cosa abbastanza rara che lui si fermi così tanto a parlare con qualcuno. Noto con disagio che diversi compagni se ne sono accorti e stanno iniziando a lanciare occhiate nella mia direzione. Mi viene spontaneo cercare lo sguardo di Zoe, ma oggi non è venuta al corso.

Il professore mi guarda e mi chiede: «Come sei arrivata alla scelta di questa tecnica?» ed è come se già sapesse quale sarà la mia risposta.

«Non lo so, volevo più che altro misurarmi con il colore.»

«Lo vedo! I colori che hai usato sono belli, non c'è niente da dire sugli abbinamenti, ma sono stupito di vedere un cambiamento di stile così radicale rispetto ai tuoi schizzi al tratto.»

«Sì, perché ero ancora inesperta. Adesso, grazie al corso, pian piano sto acquistando più sicurezza e quindi me la sentivo di iniziare a osare un po' di più!»

Mentre parlo lui continua a scuotere la testa e mi dice: «Capisco quello che vuoi dire, ed è vero che sul lato tecnico hai fatto progressi straordinari dall'inizio del corso, però ti invito a riflettere su quello che ti piace veramente e ti rispecchia. Stai imparando molte tecniche diverse, ma nessuno potrà insegnarti l'elemento più importante per il tuo percorso artistico, cioè la capacità di raccontarti attraverso i tuoi lavori». Si passa una mano sul viso, come se fosse stanco o volesse prendere tempo per trovare le parole giuste, poi continua, mentre io mi tormento le mani cercando di aggrapparmi mentalmente al quadro perché mi sento sprofondare.

«Quello che sto cercando di dirti, Luna, è che i tuoi disegni al tratto erano molto semplici, ma dopo averli visti ti ho ammessa a questo corso senza riserve perché erano pieni di anima e personalità. Questo dipinto invece non mi dà nulla, non rivela sorprese e non mi parla di te. Tu hai un bel talento. Non sprecarlo andando appresso al gusto di qualcun altro! Per scatenare la fantasia a volte basta anche un piccolo spunto, ma devi imparare a seguire solo ed esclusivamente il tuo istinto.»

Il prof ha dei modi asciutti, quasi duri. So che tutto quello che mi sta dicendo dovrebbe farmi riflettere, migliorare e crescere ma, guardando ancora una volta la mia tela, non posso far altro che pensare che a me piace. Decido che il parere di altre persone non mi interessa più e che l'importante è che io sia fiera del mio lavoro. Forse non tutti mi capiranno, ma io so che ora esiste una nuova Luna.

Quando arriva la fine della lezione il prof, dalla sua postazione, si schiarisce la voce per attirare l'attenzione mentre siamo distratti nel sistemare il nostro materiale.

Una volta sicuro di avere tutti gli sguardi rivolti a sé, assume la sua solita espressione ambigua e poi dice: «Le cose di cui più avete paura. Disegnate questo».

A questa frase vedo molti miei compagni sorridere, abituati ai modi di fare strampalati del prof, altri invece come se nulla fosse escono immediatamente dall'aula per non perdere il tram. Gabriel, al mio fianco, mi fa segno roteando il dito vicino alla sua testa come per dire "Questo è matto". Io sorrido leggermente e lo seguo verso l'uscita, cercando di scacciare le parole del prof dalla mente.

Mentre passeggiamo vicini sul marciapiede, controllo il mio telefono nella speranza di trovare un messaggio di Zoe che, invece, non si collega a WhatsApp da stamattina.

Infilo il cellulare nella borsa in modo nervoso e Gabriel, notando la mia agitazione, mi chiede: «Che succede Luna?».

«Nulla, è solo che Zoe oggi non c'era alla lezione e non risponde ai miei messaggi da ore. Sono abbastanza preoccupata ma non so cosa fare.»

«Ma mollala!» ride Gabriel. «Non mi sembra così strano che Zoe salti una lezione, anzi forse la cosa più incredibile è che finora sia venuta sempre!»

«Sembra sia sparita, ho provato anche a chiamarla ma niente. E se le fosse successo qualcosa?»

«Luna, sembri mia madre! Magari si sta solo riprendendo da un hangover, la vedo bene in una situazione del genere!»

Abbasso gli occhi, in effetti non ha tutti i torti. Ieri sera non ho sentito Zoe, non so cosa abbia fatto e mi disturba un po' l'idea che possa essere uscita senza invitare anche me. Lei mi ripete sempre che dobbiamo essere libere e avere ciascuna la propria vita, quindi forse sono io che devo imparare a non offendermi. In fin dei conti non stiamo mica insieme!

«Se prima di tornare a casa ti porto a fare un giro per negozi tu mi prometti che ti calmi?»

In risposta gli sorrido e lo prendo a braccetto. «Dove andiamo?»

«Ah! Questa è la Luna che conosco! Certo che fa un gran freddo, quando siamo arrivati non c'era questo vento, vero?»

«Già, sto morendo! Che ne dici se invece andassimo a prenderci una cioccolata calda?» suggerisco io.

Gabriel appena sente la parola "cioccolata" si illumina e insieme giriamo l'angolo per andare in un piccolo bar non lontano dalla sede del corso.

Arrivati là, ci dirigiamo subito verso le due grandi poltrone in pelle intorno a un tavolino di legno, felici di essere finalmente al caldo.

Mentre mi tolgo la sciarpa e il berretto per stare più comoda, Gabriel mi chiede: «Senti, ma cos'è successo prima con il professore? Ho sentito qualcosa ma non volevo intromettermi».

Io cerco subito di alleggerire il tono della conversazione, non voglio darci troppo peso: «Nulla di che, non preoccuparti. Mi ha solo dato dei consigli, diciamo che il mio dipinto non è che proprio gli sia piaciuto».

«Davvero? Per quale motivo? A me fa impazzire!» esclama Gabriel sorpreso.

«Anche io non capisco cosa non vada bene. Mi ha detto che sono migliorata molto ma che tutti quei colori non mi rappresentano davvero. Ho provato a spiegargli il significato del quadro, ma non credo di averlo convinto» dico io buttandola sul ridere.

«Non è facile fargli cambiare idea, credimi, lo so bene. Alla fine, però, penso che siano importanti i suoi consigli, a me sono serviti tanto per crescere a livello artistico.»

«Certo, se solo capissi cosa intende dirmi!» sorrido io. «È difficile decifrare davvero le sue parole, come l'ultima frase che ha detto prima di salutarci.»

Prima che Gabriel possa anche solo sentire davvero ciò che ho appena detto, si sente squillare il suo cellulare.

«È Diego, aspetta un attimo.»

Risponde e saluta velocemente il suo ragazzo sussurrandogli: «Amore, ti richiamo dopo».

Mentre scambia due parole al telefono io ordino per entrambi cioccolata con panna e qualche pasticcino, senza distogliere lo sguardo dall'espressione serena che ha Gabriel quando parla con Diego.

È così bello vedere due persone che si vogliono bene. Gabriel se lo merita, di questo ne sono sicura. Non posso fare a meno di pensare a quale sarà il mio destino, se anche io troverò quell'amore che ti toglie il respiro. Con questo pensiero che mi ronza in testa mi rendo conto che, dopo tutti questi mesi, ancora non ho affrontato chiaramente questo argomento con qualcuno, nemmeno con Gabriel, che considero il mio migliore amico.

Forse non è nemmeno il momento giusto per parlarne, ma ormai è da tempo che ne sento il bisogno e ora che le parole sono pronte per uscire, devo cogliere l'occasione.

Dunque, quando lui mette giù e si volta verso di me chiedendomi: «Stavamo dicendo?» io, cercando di mostrarmi abbastanza tranquilla, vado dritta al punto: «Gabriel, non te l'avevo mai chiesto, ma come hai capito di essere gay?».

Lui mi guarda sorpreso, è evidente che non se l'aspettava, però poi sorride e risponde subito: «Oh, aspettavo che me lo chiedessi, cioè, che tirassi fuori il discorso. Finalmente hai trovato il coraggio!».

Dalle sue parole ho la conferma che Gabriel aveva già intuito tutto, ma conoscendomi bene ha voluto aspettare che fossi io a parlarne, anziché spronarmi come avrebbe fatto su qualsiasi altra cosa.

Sono contenta che come al solito lui parli in modo tranquillo, trasmettendomi leggerezza e affetto. Allora sorridendo abbasso lo sguardo e gli dico: «Io non l'ho ancora detto a nessuno» e faccio un respiro profondo.

«Con te mi è sempre venuto così naturale e semplice parlare di qualsiasi cosa, ma questa volta ho voluto aspettare e, prima di tutto, riuscire a dirlo a me stessa» di nuovo mi fermo e Gabriel mi lascia il tempo per mettere in ordine i miei pensieri.

«Ho capito che se continuo a vivermela solo dentro la mia testa non mi sembrerà mai di averne preso coscienza al cento per cento. Lo dovevo dire anche a qualcun altro e tu per me sei la persona giusta.»

Mi schiarisco la voce e bevo un sorso di cioccolata.

«Poco dopo che ci siamo conosciuti e abbiamo iniziato a diventare amici ti ho confidato la mia cotta per Thomas, poi però verso la fine dell'anno hai saputo cosa era successo tra me e Gemma. Io non ti ho mai detto apertamente quello che ho provato per lei e tu non mi hai fatto mai nessuna domanda, di questo ti sono grata.»

Lui mi sorride comprensivo e sgranocchia un biscottino continuando a tenere gli occhi fissi sui miei.

«Quest'estate mi sono fatta un sacco di domande, non è stato facile, ma adesso ti posso dire che alla fine ho capito che mi piacciono le ragazze. Non si tratta solo di Gemma, perché continuo a esserne convinta anche se a lei non ci penso più.»

Gabriel è molto preso dal mio discorso e mi guarda con occhi fieri, come a dire: dai, ce l'hai fatta.

Non dice una parola, aspettando che sia io a continuare il discorso.

Sinceramente non so bene come sto: da un lato ho ancora addosso la fatica di aver tirato fuori tutti questi pensieri, dall'altro percepisco crescere il sollievo di chi si toglie un peso dallo stomaco e sento fluire le parole come quando, una volta aperta una diga, l'acqua non può che scorrere.

«So che prima o poi lo dovrò dire anche a qualcun altro, che verrà il momento di parlarne a tutte le persone che mi stanno vicino, però volevo che tu fossi il primo.»

Prendendo un grande respiro Gabriel si alza dalla poltrona senza dire niente e viene ad abbracciarmi.

Era proprio quello di cui avevo bisogno. Sono commossa e lui sicuramente se ne è accorto perché come sempre riesce a smorzare la tensione anche con un semplice sorriso.

Tornando a sedersi al suo posto mi chiede divertito:

«Arriviamo alle cose serie, c'è qualcuno nella tua testa, o meglio, nel tuo cuore? Adesso non puoi tirarti indietro, devi dirmi tutto!».

Non posso non notare il suo fare malizioso, come se fosse curioso di iniziare a spettegolare su chissà quale nuova ragazza. Mi chiedo se sono pronta e intanto, per alleggerire la situazione e non guardare troppo negli occhi Gabriel, mi metto a girare con il cucchiaino la cioccolata ormai quasi fredda: «Be', da un po' di tempo in effetti ho conosciuto sempre meglio una ragazza che mi piace, credo che con lei potrebbe esserci qualcosa di bello».

Gabriel, battendo le mani, mi riempie di domande: «Oddio, devi dirmi assolutamente chi è! La conosco? Viene a scuola con noi oppure l'hai incontrata da qualche altra parte? L'ho mai vista? Te l'ho fatta conoscere io? Dimmi chi è!».

«Sì! Cioè, in realtà non la conosci così bene, però la vedi, sai chi è.»

Lui si fa pensieroso, come se cercasse di mettere insieme le cose, mentre continuo: «Dai, l'avrai indovinato ormai».

Vedo che l'espressione di Gabriel non è più così felice e gioiosa, ma diventa sempre più cupa e mi affretto a chiarire: «Gabriel, sto parlando di Zoe, immaginavo che l'avessi capito!».

Lui mi guarda un po' stranito, come se da un lato se lo fosse aspettato ma dall'altro non volesse crederci e mi risponde: «Luna, ma sei sicura? La Zoe che viene con noi al corso?».

L'atmosfera tra noi sembra gradualmente raffreddarsi e non capisco questo cambio repentino nell'umore di Gabriel.

«Sì, perché? Lo sapevi che ci eravamo conosciute già dai primi giorni del corso e l'hai visto che spesso faccio con lei dei lavori a coppie, in più siamo anche uscite insieme diverse volte.»

«Ah, non pensavo che aveste iniziato a frequentarvi anche al di fuori del corso. Ma quindi la vedi da tanto? Non lo sapevo.»

«Non lo so, pensavo fosse meglio non riferirti proprio tutto quello che facevo con lei, perché so benissimo che Zoe non ti è mai piaciuta, quindi ho aspettato di capire meglio cosa provo per lei prima di dirtelo, no?»

«Secondo me stai sbagliando, Luna. Lei non è la persona giusta per te.»

Ecco, ora sono ufficialmente infastidita, Gabriel sta

rovinando tutto, sta spegnendo l'entusiasmo che avevo fino a un attimo fa.

«Scusa, ma come fai a dirlo? Tu praticamente nemmeno la conosci, eppure fin dalla prima volta mi hai parlato male di lei.»

Ormai è molto serio e mi dice: «Non è vero, io non ho mai parlato male di lei, ti ho solo detto che secondo me è una persona molto ambigua, di cui non bisogna fidarsi. Tu non mi hai voluto ascoltare e adesso ci sei caduta».

A questo punto mi sento in dovere non solo di difendere me stessa ma anche Zoe, perché mi dà veramente fastidio che lui la stia criticando basandosi solo su un'impressione.

«Gabriel, non hai il diritto di parlare così di una persona che non hai mai frequentato! Io l'ho conosciuta bene in questi mesi, c'è stato anche qualcosa tra di noi e ti posso garantire che è una persona fantastica. Sto iniziando a essere veramente presa da lei, non gliel'ho ancora detto perché lo sai come sono fatta, ma credo proprio che prima o poi troverò il coraggio di parlarle apertamente! E tu da amico dovresti sostenermi, non allontanarmi da lei, visto che non sai neanche com'è fatta.»

«In realtà, fino a prova contraria, gli amici dovrebbero fare il tuo bene, e non dirti sempre "sì, brava", quindi io ti sto dicendo quello che penso al cento per cento, come ho sempre fatto. Poi tu credi di conoscerla, ma non sai niente di lei. Te l'ha raccontato che fino all'anno scorso veniva ogni volta accompagnata in macchina da un ragazzo diverso?»

Io mi innervosisco ancora di più. Non ho voglia di stare a sentire le sue parole che continuano a distruggere le mie speranze e tutti i sogni che invece mi sento così pronta a vivere.

Mi limito a rispondergli gelida: «Tu sei bravo a incoraggiarmi solo quando si tratta di Gemma. Adesso che non penso più a lei, devi togliermi l'entusiasmo e rovinare tutte le cose belle che mi stanno succedendo!».

Gabriel sembra offeso a morte: «Sono felice che tu me l'abbia detto in faccia, perché non avrei mai immaginato che pensassi questo di me. Forse dovevi dirmelo prima, no? Non ho mai fatto nulla del genere, ma puoi criticarmi quanto vuoi, tanto non ho più voglia neanche di stare qui. Me ne voglio andare subito».

Non dico niente. Se ha deciso di andarsene che vada! È evidente che non capisce o, peggio, non vuole capire la mia felicità.

Con questo pensiero in testa lo guardo prendere il giubbotto e la sciarpa con aria arrabbiata, e con una voce così fredda che quasi non mi riconosco gli dico: «Tranquillo, vai pure, in ogni caso io dovevo andare da Zoe».

«Benissimo!» risponde lui senza nemmeno guardarmi in faccia. «Tolgo il disturbo allora!»

Prende velocemente la sua borsa a tracolla alzando così le maniche e scoprendo i polsi: lo sguardo mi cade su un grosso livido che ha sul braccio e non avevo notato prima, ma non posso chiedergli cosa sia successo perché lui è già sulla porta.

Appena se ne va tiro fuori il telefono e apro WhatsApp: l'ultimo accesso di Zoe è di pochi minuti fa, ha letto tutti i miei messaggi ma non ha ancora risposto. Allora gliene scrivo un altro: «Dove sei? Adesso sei libera?».

Stavolta Zoe risponde al volo, ma non sono le parole che desideravo leggere: «Ehi Luna, ci sentiamo in questi giorni, ora sono fuori con Michele, ciao xx».

15

New York City, 5 marzo

Ascolto *Colors* di Halsey, cercando di isolarmi con le cuffie perché oggi mi sento così, *a bit off*, come direbbe Kasper. Mi rannicchio a guardare il telefono e scrivo un messaggio a Gabriel per dargli il buongiorno anche se per lui sarà quasi sera, solo perché ho voglia di sentirlo vicino.

Katy e George hanno insistito per portarmi fuori a fare questo brunch, ma io sinceramente avrei preferito dormire fino a tardi e starmene a casa in tuta a suonare o semplicemente rimanere sul divano a guardare la tv. Mi sono affezionata a loro, ormai sono davvero come persone di famiglia per me e forse è proprio per questo che adesso mi sento un po' a disagio sul sedile di dietro del pick-up, con loro tutti vestiti bene per andare fuori. In fondo a Milano non uscirei mai con i miei nonni la domenica per un brunch, al massimo si va a mangiare fuori tutti insieme in qualche occasione speciale, ma è da tempo che i miei weekend sono liberi da faccende familiari!

Invece Katy era entusiasta da giorni per quest'uscita e stamattina è venuta a svegliarmi tutta felice, senza rendersi conto che ieri alle prove della band ho fatto tardissimo, infatti mi sento ancora mezza stordita. Chissà se dove stiamo andando troverò un vero espresso o il solito caffè americano, per quanto mi piaccia oggi avrei bisogno di qualcosa che mi dia una svegliata.

Katy si volta verso di me: «Spero tanto che ti piaccia il posto che ho scelto!».

Io le sorrido e penso che se oggi fossi un po' più ricettiva riuscirei anche a essere curiosa e godermi di più questa giornata con loro, invece ho solo la testa tra le nuvole. Lei è tutta felice e continua, ammiccando: «Ci tenevo tanto. Oggi è una giornata speciale!».

So che devono dirmi qualcosa di importante, ma non ho assolutamente idea di cosa possa essere. Vedendo quant'erano contenti di fare finalmente qualcosa insieme dopo tanto tempo che vivo con loro, mi è sembrato giusto accettare. In fin dei conti mi hanno sempre lasciata in pace e hanno fatto di tutto per mettermi a mio agio, compreso invitare a casa le uniche persone che conoscevano con un figlio che parla italiano: perfino in questo ci hanno azzeccato, perché altrimenti non avrei mai conosciuto Kasper!

Mi sono vestita carina anch'io per far loro sentire che do la giusta importanza alla nostra uscita. Ho scelto un vestito a maniche corte nero con degli stivali marroni alti fino al ginocchio e la mia solita giacca di pelle con qualche borchia argento. Nei giorni scorsi c'era un freddo incredibile, ma da ieri il tempo è cambiato e si inizia quasi a sentire un po' di aria di primavera! Non vedo l'ora che torni il caldo così posso di nuovo iniziare la giornata guardando dalla mia finestra il fiume che scintilla e i palazzi di Manhattan che luccicano sotto il sole, come i primi giorni che ero arrivata.

Sposto lo sguardo dal finestrino e mi soffermo su George e Katy. Lui è al volante, lei accanto, con una mano sul suo braccio e gli occhi felici: non sento cosa si stanno dicendo ma basta guardarli per vedere quanta complicità e divertimento ci siano ancora tra loro. Sono una coppia così amorevole, è bello stare con loro perché quando siamo insieme mi fanno sentire serena in qualsiasi situazione. Dai, andrà benissimo anche questa gita al circolo degli anziani, li accontenterò e poi torneremo a casa dove sarò libera di fare tutto quello che mi pare.

Ma quando parcheggiamo e poi scendiamo dalla macchina, vedo che in realtà il posto è molto più bello di quello che mi aspettavo. Katy ci ha proprio azzeccato! Entriamo in un classico diner americano, è un posto pazzesco! Mi torna un mezzo sorriso sentendomi catapultata negli Stati Uniti degli anni Cinquanta, con la cameriera che passa a versare il caffè, i divani di pelle rossa e alle pareti i quadri con le foto in bianco e nero.

Forse questo brunch non sarà poi così male, devo ammettere che in un posto così non ci sarei mai venuta da sola o con le mie amiche. Con loro magari andiamo in locali più famosi oppure nel mio amato Starbucks.

Sono curiosa di sedermi e vedere cosa c'è nel menu, che sicuramente sarà super classico. Katy e George mi invitano carinamente a scegliere il tavolo che preferisco e io indico quello sul soppalco, da dove si vedono bene tutto il locale e il bancone, ma anche la città fuori dalla finestra. Siamo sempre a Brooklyn, ma in una zona molto più viva di quella dove abitiamo, qui ci sono diversi locali, case basse colorate, negozi vintage.

Mi rivolgo a Katy per chiederle esattamente il nome di questo quartiere, ma vedo che da quando ci siamo seduti lei fa dei sorrisi nervosi, guarda George ridacchiando, insomma sta morendo dalla voglia di darmi questo annuncio tanto importante.

Quando arriva la cameriera ordiniamo: loro scelgono la colazione salata con uova e bacon, mentre io ovviamente non resisto alla tentazione di prendere i pancake con lo sciroppo d'acero e un caffè. Non sarà un espresso italiano, ma questa ragazza con i capelli viola e dei bellissimi tatuaggi sulle braccia me lo serve dalla brocca trasparente come nei film, è fantastico.

Nuovamente soli, George guarda Katy come per dirle: «Calmati, aspetta, non è ancora il momento», ma Katy mi prende una mano nella sua e mi dice impaziente: «Gemma, George preferiva aspettare la fine del brunch ma io non ci riesco, te lo devo dire subito!».

George mi guarda sorridendo e cercando complicità: «Aspettare non è mai stato il tuo forte, vero Katy?».

Poi torna nel suo solito silenzio divertito, in effetti tra i due è sempre lei a parlare, che sia per dirmi «sistema la tua camera» o solo per chiedermi com'è andata la giornata. George più che altro è un tipo riflessivo, si vede che è molto attento ma credo che semplicemente sia più timido e abbia da tempo lasciato a lei la parola per conto di tutti e due.

Anche adesso, infatti, è Katy che mi stringe la mano, mi guarda negli occhi e dice: «L'altro giorno abbiamo ricevuto una telefonata molto importante da parte dell'associazione che organizza la tua esperienza qui a New York. Ci hanno detto che hai avuto dei riscontri molto positivi dalla scuola e che hanno apprezzato anche il tuo impegno nelle attività pomeridiane e insomma... C'è una notizia bellissima: hanno scelto di includerti nella lista di studenti meritevoli a cui propongono la possibilità di proseguire il prossimo anno con una borsa di studio, potrai scegliere di rimanere qui a New York!».

Io la ascolto incredula. Non sapevo neanche che esistesse quest'opzione. Adoro stare qui e mi agita il solo pensiero di tornare a Milano, mi sembra impossibile che il mio vecchio liceo sia ancora lì, ad aspettarmi. Sono ben consapevole di ciò che mi aspetta l'anno prossimo, soprattutto con la maturità. Non voglio, però, pensare a tutte le situazioni che mi sono lasciata alle spalle venendo qui.

Katy mi sembra molto entusiasta: «Capisci perché non vedevo l'ora di dirtelo? Adesso avrai bisogno di un po' di tempo per decidere che cosa fare».

Senza rendermene conto ho trattenuto il respiro, come se volessi il massimo del silenzio per ascoltare ogni singola parola di quello che lei diceva. Ora mi lascio finalmente andare, riprendo fiato e tantissimi pensieri e domande cominciano ad affollare la mia mente. Prima ancora che possa veramente decifrarli, Katy mi sorride e continua: «Gemma, noi non vogliamo assolutamente influenzarti, perché ovviamente il futuro è tuo e ci rendiamo conto che sarà una decisione importante nella tua vita». Con le lacrime agli occhi guarda suo marito e poi torna su di me con una dolcezza infinita. «Tu sei una ragazza molto speciale. George e io ci tenevamo a dirti che è stato bellissimo averti con noi. Sono ormai tanti anni che i nostri figli sono andati a vivere per conto loro e avevamo scelto di accogliere una studentessa proprio per riportare un po' di vita e gioventù in quella casa, ma non immaginavamo che ci saremmo legati a te così tanto. Ormai per noi sei come una figlia, quindi l'idea di poter continuare a ospitarti anche l'anno prossimo sarebbe solo una gioia! Qualsiasi decisione tu prenda noi saremo felici per te e ti auguriamo tanta fortuna in ogni caso, ma sappi che se vorrai rimanere puoi contare sul nostro supporto.»

Anche George mi sorride e aggiunge solo: «Sentiti libera nella tua scelta e pensa solo a quello che ti rende più felice, mi raccomando. Per tutto il resto vedrai, la vita è lunga e le occasioni non ti mancheranno per qualsiasi cosa potrai desiderare».

Se ripenso a come mi sono comportata con loro, soprattutto i primi tempi, mi sembra incredibile sentirmi rivolgere delle parole tanto belle: ero sempre scocciata, parlavo a stento per paura di fare strafalcioni in inglese e perché non sopportavo l'idea di essere finita in casa con due persone così anziane. Le loro parole d'affetto mi fanno quasi più piacere del fatto che gli insegnanti abbiano notato tutti i miei sforzi e abbiano deciso di premiarmi con questa opportunità.

Ma ora tocca a me decidere!

Sento che ho bisogno di un attimo per mettere ordine nella mia testa che si sta affollando di dubbi. Per prima cosa, però, mi rivolgo a loro sorridendo in modo profondamente sincero: «Non so come ringraziarvi, le vostre parole mi fanno tantissimo piacere.

Devo molto anche a voi se oggi mi trovo così bene a New York. Sento di aver trovato una dimensione in cui sono come a casa. So che adesso la decisione da prendere è molto importante, non sarà per niente facile e tutto questo mi ha preso totalmente alla sprovvista. Scusate se in questo momento non ho la risposta pronta, ma devo rifletterci a fondo».

George, allora, guarda Katy come per ricordarle o suggerirle qualcosa e lei, subito, mi risponde: «Certo cara, non devi assolutamente decidere adesso, pensaci bene, hai tempo fino ad aprile, dopo la fine dello spring break. Visto che per quella vacanza tornerai a Milano, potrai approfittarne per parlare con la tua famiglia».

Giusto, tra non molto tornerò per qualche giorno a Milano. Questo mi aiuterà sicuramente a scegliere per il meglio. Il problema, però, è che l'unica cosa che so con chiarezza in questo momento di confusione totale è che la persona con cui voglio parlare faccia a faccia prima di tutto e di tutti è solo una, ed è Luna.

16

Milano, 25 marzo

«Come sei bella stasera» mi dice Zoe dandomi il mascara dopo aver finito di metterselo.

Io lo prendo, ma prima di passarmelo di nuovo abbasso un attimo lo sguardo perché mi sento arrossire. Lei lo sa che mi imbarazzo facilmente e credo che ormai mi faccia questi complimenti proprio perché le piace la mia reazione.

Siamo in camera mia, sedute per terra davanti allo specchio e intorno a noi abbiamo sparpagliato tutti i nostri trucchi, che a questo punto si sono anche mischiati insieme.

«Aspetta! Manca qualcosa!» aggiunge Zoe. Prende il rossetto rosa, ma invece di darmelo mi solleva il mento con due dita e me lo mette direttamente lei sulle labbra. Quando finisce sorride e, come se non riuscisse a trattenersi, mi bacia.

Anche se ormai tra alti e bassi ci frequentiamo da un po', continuo a lasciarmi sorprendere dalla sua spontaneità e dai suoi gesti dolci, da tutti questi baci improvvisi a cui non mi sono ancora abituata.

Quando ci stacchiamo, per rompere il silenzio le dico ridendo: «Dai, finiamo di truccarci, altrimenti facciamo tardi!».

Prendo la spazzola per pettinarmi i capelli, arrivo alle punte e le guardo con soddisfazione perché la settimana scorsa finalmente ho preso il coraggio e le ho tinte di lilla. Sapevo che mia mamma non sarebbe stata d'accordo e non potevo certo chiederle di portarmi dal parrucchiere, quindi Zoe mi ha proposto di farle da lei, che è già esperta di capelli colorati. Quel giorno sono andata a casa sua e abbiamo passato il pomeriggio a tingermi le ciocche ridendo tutto il tempo, con la musica del suo giradischi in sottofondo. Abbiamo combinato qualche pasticcio, ma alla fine sono venute benissimo. Ho scelto il lilla perché è il mio colore preferito e anche perché, secondo me, sta molto bene accanto al rosa. Qualche urlo dalla mamma l'ho dovuto subire, ma penso che ormai abbia capito che su certe cose alla fine vinco io.

Zoe sta finendo di sistemarsi l'eyeliner mentre mi dice: «Bello questo trucco, vero? L'ho visto ieri su una ragazza al concerto dei 1975, aveva dei capelli fantastici e delle ciglia così lunghe, forse dovrei provare con quelle finte!».

Sorvolando i suoi commenti sulla sconosciuta, le chiedo: «Ma allora? È stato bello il concerto?».

«Sì, bellissimo, ci siamo divertiti un sacco! Pensa che ho conosciuto dei ragazzi e stasera anche loro verranno al Clouds, magari li incontriamo! Appena arriviamo gli mando un messaggio per dire che ci siamo anche noi.»

Lei è così: fa subito amicizia, entra in contatto con le persone, è molto aperta. A me non dà fastidio, però a essere sincera non me ne importa niente di vedere questi tipi che ha conosciuto ieri, così evito proprio di rispondere.

Quando finalmente siamo pronte usciamo e facciamo la solita strada, ormai l'ho imparata a memoria perché negli ultimi tempi posso dire che il Clouds è diventato il mio locale preferito, anzi conosco anche tutti quelli che ci vengono sempre come noi.

Stasera fa più freddo rispetto ai giorni scorsi e mentre camminiamo mi avvicino a Zoe. Lei se ne accorge, mi mette il braccio intorno al collo e così abbracciate andiamo verso il locale. Vicino all'ingresso c'è un sacco di gente, sempre più persone si avvicinano alle due grandi porte di vetro. Tra questi noto una coppia molto appariscente che ha appena girato l'angolo e sta venendo verso l'entrata. Li riconosco subito, anche da lontano: quella è Bianca... ed è con Thomas.

Lei ha delle scarpe con il tacco alto, i collant neri, un vestito cortissimo e un cappotto di pelliccia beige che non passa inosservato. Lui è vestito completamente di nero e anche i suoi capelli sono molto scuri: con una mano tiene stretta quella di Bianca, con l'altra continua a spostarsi il ciuffo da un lato all'altro.

D'istinto mi scosto dall'abbraccio di Zoe. Non sono ancora sicura di volermi far vedere con lei o comunque con una ragazza, anche perché in questi mesi non ho mai avuto l'occasione giusta per parlarne con Bianca.

Lei mi vede e ha un attimo di esitazione, mi rendo conto che non sa se salutarmi, distoglie lo sguardo ed è molto nervosa. Decido di essere io ad avvicinarmi, voglio proprio sentire cosa si inventerà adesso, quale sarà la sua ennesima scusa, visto che fino a questo momento ha sempre schivato tutto dicendo bugie: ma ora non può certo negare l'evidenza!

Mi giro verso di loro e li saluto con tono freddo e distaccato, in attesa di una risposta. Bianca sa perfettamente che in realtà mi sto rivolgendo solo a lei, perché da tempo con Thomas non ho più avuto contatti. Lui infatti non parla, si limita a guardarmi con un'aria neutra come se non fosse successo niente di particolare, mentre Bianca mi viene subito incontro per spiegarsi: «Luna, guarda, mi dispiace tantissimo, te lo volevo dire, non è come pensi, non è che te l'ho voluto tenere nascosto per chissà quale motivo...».

Parla sempre più velocemente, trovando mille scuse e mentre in sottofondo sento queste parole, dette un po' a casaccio solo per giustificarsi, ripenso in un attimo a tutto quello che è successo nei mesi precedenti, a tutte le volte in cui Bianca ha rifiutato di uscire con me o di vederci con le altre ragazze, al modo schivo con cui ha sempre accennato alla storia con questo ragazzo misterioso di cui non ha mai voluto rivelare niente.

Come ho fatto a non pensarci? In realtà Thomas non l'ho mai preso in considerazione perché si è diplomato l'anno scorso e ormai non viene più nella nostra scuola. Vederli insieme ora, in modo così naturale, mentre si tengono per mano, mi ha veramente sorpresa. Quello che mi dà fastidio, però, non è la gelosia o il ricordo del periodo in cui l'anno scorso uscivo con lui: sono arrabbiata perché Bianca non ha trovato il coraggio di dirmelo, anche se non c'è nessun motivo per cui non dovrei saperlo.

Dopo tutto il suo discorso l'unica cosa che riesco a chiederle è: «Perché non me l'hai detto?».

Lei sta un attimo in silenzio e sembra quasi che le venga da piangere, ma non riesco a capire se sta solo fingendo. Poi con un filo di voce risponde: «Non l'ho tenuto nascosto solo a te, lo giuro, non lo sa nessuno. Io e Thomas abbiamo deciso di provare ad avere questa storia un po' nascosti dagli occhi di tutti, te l'avrei detto più avanti».

Io a questo punto non so più se crederle, Bianca ormai ha distrutto completamente la fiducia che avevo in lei. «Ah sì? E io dovrei crederti, dopo che per tutti questi mesi non sei mai stata chiara con me? Non ha senso ciò che stai dicendo, se siamo amiche come ripeti sempre avresti potuto parlarmi anche di questo. Lo sai benissimo che so mantenere i segreti, non l'avrei riferito a nessuno.»

Bianca rimane ammutolita, come se si rendesse conto solo adesso che effettivamente non era una cosa così grave dirlo almeno a una delle sue più care amiche, infatti non sa cosa rispondere.

A questo punto si fa avanti Thomas e mi dice: «Luna, guarda, veramente è colpa mia, le ho chiesto io di non dirlo a nessuno, forse ho sbagliato, però devi crederle. Fosse stato per lei te l'avrebbe già detto da un sacco di tempo».

L'ultima cosa che mi serve adesso è che lui si metta in mezzo per difenderla, quindi gli rispondo secca: «Thomas, per favore, stanne fuori».

Ma lei subito risponde: «Luna, non permetterti di parlargli così, lui non ti ha fatto niente. Senti Thomas, non ho più voglia di entrare in questo locale, andiamo in qualche altro posto?».

Io non gliela faccio passare liscia e ribatto: «Vai pure, tanto ormai ci sono abituata, negli ultimi mesi non hai fatto altro che andartene via senza dire niente».

Lei è davvero nera, si vede che è risentita, ma prima di allontanarsi con Thomas guarda Zoe, che è rimasta sempre dietro di noi seguendo tutta la conversazione, poi si rivolge di nuovo a me dicendo: «Anche tu forse non mi hai raccontato proprio tutto in questi mesi». Con queste parole se ne va.

Io rimango lì impalata per un momento prima di voltarmi verso Zoe, scrollare le spalle e fare una faccia come per dire «chi se ne frega», ma per la verità ci sono rimasta malissimo e mi sento ferita profondamente. Continuo a rimuginare su tutte le volte che in questi mesi Bianca mi ha detto una bugia o una mezza verità. Vorrei anch'io lasciare perdere la serata e tornare a casa a sentire un po' di musica per i fatti miei, o magari mettermi un po' a disegnare con Salem sulle gambe dando sfogo alla tristezza e alla rabbia.

Invece guardo Zoe e mi sforzo di sorridere mentre entriamo. Una volta lasciati i giubbotti andiamo a prendere qualcosa da bere. Al bar lei incontra i suoi amici di ieri e naturalmente mi presenta solo come una sua amica, per poi mettersi a chiacchierare e scherzare. Io non posso fare a meno di sentirmi un po' a disagio.

Lei mi dice sempre che le piaccio ma che non c'è nessun bisogno di dare nomi alle cose, basta viversele e godersele per quello che sono. Ormai ci vediamo spesso e ci sentiamo quasi ogni giorno, ma mi accorgo, per la prima volta, che una definizione per spiegare che cosa siamo io la voglio trovare.

Seguo Zoe come un automa al tavolo e poi in pista, ballo e continuo a sorridere, ma con la testa non sono qui con loro. Quando poi mi allontano da tutti per rifugiarmi in bagno e concedermi un momento in solitudine mi guardo allo specchio e mi faccio solo una domanda: mi sono comportata in modo poi così diverso rispetto a Bianca?

17

Milano, 15 aprile

Di fronte a me c'è la scala che dalla metro porta fuori in piazza Duomo. In cima vedo già le guglie bianche sotto il cielo azzurro, prima di uscire mi fermo un momento e prendo il cellulare per cercare la via giusta con Google Maps. Prima, però, do l'ultima occhiata su Instagram e non mi meraviglio per niente di trovare tra le prime foto qualcosa di Gabriel, lui è uno che ne pubblica cinque al giorno.

Negli ultimi tempi i suoi post li ho fatti scorrere velocemente, perché dopo quella discussione che abbiamo avuto alla caffetteria non siamo più andati a scuola insieme e anche in classe e al corso ci salutiamo a stento. Lui è un tipo abbastanza orgoglioso, ormai l'ho imparato, ma questa volta sono io a non riuscire a dimenticare ciò che ha detto su Zoe quel giorno. Sarò anche rancorosa, ma forse in questo periodo mi trovo meglio con altre persone, piuttosto che con gli amici di scuola.

Mi blocco a guardare la foto che ha caricato cinque minuti fa: sono due piatti al tavolo di un ristorante, con due fette di torta. Gabriel però non si trova dal suo fidanzato a Riccione, perché la posizione è proprio qui a Milano, in un ristorante a due passi da piazza Duomo dove tempo fa aveva promesso che mi avrebbe portato a mangiare perché c'era stato con i suoi genitori e gli era piaciuto tantissimo. Vedo che in didascalia c'è scritto: «Di nuovo insieme!» e penso che magari Diego è venuto a Milano, altrimenti chi altro potrebbe essere?

Apro la mappa per orientarmi e trovare la via della galleria d'arte, dove il professore ci ha chiesto di raggiungerlo per vedere lo spazio e decidere insieme come allestire la mostra.

Cammino verso il centro della piazza in mezzo alla folla che mi circonda. Essendo sabato e anche una bellissima giornata di sole, ci sono tanti turisti e persone che vanno e vengono, chi scatta una foto, chi fa shopping con mille buste in mano e come se non bastasse anche un milione di piccioni!

Abbasso lo sguardo per controllare ancora una volta il cellulare e quando lo sollevo di nuovo noto una persona che cattura la mia attenzione. È una ragazza di spalle, con i capelli neri lunghi e boccolosi... Ricaccio indietro il pensiero che si sta facendo strada nella mia mente... non può essere lei perché non è a Milano ormai da tantissimi mesi: è impossibile che sia qui. Provo a distogliere lo sguardo ma più mi avvicino, più mi viene spontaneo fissarla.

Porta una giacca di pelle nera, continua a sistemarsi la borsa sulle spalle camminando avanti e indietro come se fosse indecisa e intanto guarda il telefono. Mi sposto un po' di lato in modo da passarle di fianco, giusto per guardarla più da vicino, ma proprio quando decido invece di lasciar perdere, lei si gira e posa il suo sguardo su di me.

Io rimango pietrificata di fronte a quegli occhi di ghiaccio che conosco benissimo.

Gemma è tornata a Milano ed è qui davanti a me.

Ormai anche lei mi ha riconosciuto e sta venendo verso di me con il suo passo deciso ma con un'espressione un po' confusa, come se non sapesse bene cosa dire o fare.

Quando mi arriva di fronte so che vorrebbe parlare per prima come sempre, ma questa volta sono più svelta di lei e le chiedo: «E tu che cavolo ci fai qua?» senza neanche salutarla.

Lei rimane un attimo in silenzio, poi quando finalmente mi risponde la vedo grattarsi la mano con le unghie laccate di nero: evidentemente non sono l'unica a sentirsi a disagio.

«Avevo una settimana di vacanza dalla scuola e ho deciso di tornare a Milano.»

Senza pensarci troppo lascio fluire le parole così come vengono: «Strano, sapendo che non sei tornata per Natale pensavo che ormai a New York ti trovassi così bene da aver dimenticato tutto quello che c'è qui».

Lei non dice una parola ma mi lancia uno dei suoi sguardi intensi. Mi colpisce, ma al contempo sento che sono più forte e decido di riempire io il suo silenzio: «Hai fatto bene, almeno rivedi un po' Milano. Adesso però devo andare perché sono di fretta, tanto immagino che tu abbia di meglio da fare che stare qui a parlare con me».

Vedo che Gemma ha un piccolo contraccolpo alle mie parole, forse non è abituata a vedermi così decisa e capace di parlare chiaro: mi osserva in modo strano e la sua risposta mi spiazza completamente.

«Ah sì? E dove stai andando? Guarda, io non ho niente da fare, se vuoi possiamo fare due passi insieme.»

Non sapendo cosa ribattere prendo il telefono e guardo l'orologio: in realtà avrei tempo, perché la galleria è qui vicino e manca ancora più di mezz'ora all'appuntamento con gli altri, ma non ho voglia di parlare con lei: «No, preferisco andare da sola, grazie». Mi rendo conto di avere un tono molto convinto, deciso, anche quando le dico: «Proprio ora che ho trovato il mio equilibrio non c'è bisogno che arrivi tu a distruggerlo».

Forse l'ho spiazzata con il mio atteggiamento, ma anche il suo è cambiato molto. Quando mi risponde sembra dolce, morbida, non avrei mai immaginato di vederla così: «Luna, ma perché mi tratti in questo modo? Volevo solo chiederti di parlare un po', visto che è tanto tempo che non so più niente di te».

La sua risposta mi lascia per un istante sospesa, ma poi sento montare la rabbia e il dolore che avevo ricacciato indietro in questi mesi: «Certo che è da tanto che non ci sentiamo, sei tu che mi hai detto di non scriverti e di non parlarti più! Adesso io ho la mia vita e tu non c'entri più niente. Sinceramente non capisco come tu possa pensare di poter chiacchierare con me strada facendo come se nulla fosse successo».

Solo adesso gli occhi di Gemma si stringono in due fessure come li ho visti tante volte l'anno scorso, il suo sorriso si spegne e la sua voce torna fredda nel dirmi: «Non ho idea di cosa ti sei costruita qui, il mio era un semplice invito per dirti che nella vita le persone possono anche cambiare idea! Io ti ho chiesto solo di camminare e parlare un po' insieme, ma da come reagisci capisco che qui davanti non ho più la Luna che ho conosciuto».

A questo punto non mi importa più niente se ci troviamo in una piazza davanti a tutti, le rispondo ormai furiosa: «Io non sono la Luna che tu hai conosciuto? Perché, credevi di conoscermi davvero? Ma se non me ne hai dato neanche l'opportunità! Io sono così, proprio come mi vedi adesso e non mi interessa se tu questo non lo accetti!».

Gemma si arrotola una ciocca di capelli tra le dita e sostiene il mio sguardo in silenzio per un tempo che mi sembra interminabile, prima di rispondere con voce calma e quasi ironica: «Ah sì? Quindi tu ora saresti la vera Luna? Mi fa piacere! Lo dimostra il fatto che non riesci neanche a parlare con me cinque minuti pur sapendo che fra qualche giorno me ne torno dall'altra parte del mondo! La tua vita è così perfetta adesso, che hai paura che possa crollare solo per cinque minuti passati con me? A questo punto cosa ti devo dire, Luna? Guardati allo specchio, ti prego, perché se credi di essere te stessa e molto più interessante solo per quei capelli ridicoli, ti sbagli di grosso!» dice indicando le mie punte lilla. Poi non contenta prosegue: «Non mi stupisce che tu sia riuscita a litigare perfino con Gabriel, se questo è il tuo nuovo modo di fare!».

Non pensavo che Gemma potesse arrivare a tanto. Come può intromettersi, dopo mesi e mesi di lontananza, in cose che sono successe qui a Milano mentre lei stava pensando agli affari suoi e si rifiutava di avere a che fare con me? Prendo un respiro profondo e le rispondo di getto: «Sei tu che hai preferito New York a Milano, giusto? Hai deciso di vivere là, hai voluto tagliare i ponti? Bene, allora pensa ai tuoi nuovi amici e lascia perdere quello che succede a me. Non capisco nemmeno perché sei tornata, visto che pensi già a ripartire per la tua amata America».

Vedo che Gemma è pronta a controbattere ma si blocca all'improvviso, come se si stesse costringendo a non scattare secondo il suo carattere. Per la prima volta da quando la conosco vedo sul viso un'aria strana, con gli occhi tristi e una specie di sorriso amaro, rassegnato.

È rimasta come immobilizzata, con i suoi bei capelli che scintillano sotto il sole, le labbra strette e gli occhi pieni di energia compressa. Noto che stringe i pugni lungo i fianchi per la rabbia e il mio sguardo si fissa sul tatuaggio che ha sul polso: non lo rivedevo da quel giorno sul ponte dei Navigli.

Restiamo una di fronte all'altra in silenzio, in questa piazza piena di gente ma che per me in questo istante infinito è immersa in un silenzio surreale.

Sento le lacrime che mi pungono la gola, le dico solo «Devo andare», mi volto e vado via.

18

Milano, 28 aprile

Camminando verso la metro, dopo essere uscite da scuola, Erica mi chiede: «Allora hai sentito che stasera io, Bianca e Gaia ci troviamo per un aperitivo? Ci sarai, vero?».

Certo che ho sentito, come avrei potuto non ascoltarle, visto che in classe siamo sedute tutte vicine? Ma io ho già preso la mia decisione, mentre si organizzavano non sono nemmeno intervenuta e, d'altra parte, non mi è nemmeno sembrato che Bianca si stesse rivolgendo anche a me mentre parlava.

So già che sarebbe una situazione in cui non mi troverei a mio agio, ma non credo di volerlo dire a Erica, quindi rispondo: «No, guarda, stasera forse devo uscire con mio papà che arriva a Milano, penso che andremo fuori a cena quindi mi sa proprio che non ce la faccio a passare».

Ma lei mi guarda con un'aria scettica: «Ah sì? Sicura che non sia perché non vuoi stare con Bianca? Guarda che se è così a me lo puoi dire».

So che è impossibile che non abbiano notato la tensione che c'è tra me e Bianca ultimamente, l'avrà vista tutta la classe! Non mi va, però, di parlarne a Erica perché con lei non c'è mai stata tutta questa confidenza, anche se comunque la trovo simpatica e mi piace passare del tempo con lei e le altre.

Alla ricerca di una specie di via di mezzo tra bugia e verità, le dico semplicemente: «In effetti in questo periodo non vado molto d'accordo con Bianca e quindi preferisco stare un po' sulle mie. Questa sera però ho davvero altri impegni, non preoccuparti! Comunque, scusami, possiamo cambiare argomento?».

Lei capisce il mio stato d'animo e cerca di trovare qualcos'altro di cui parlare, però non fa altro che peggiorare la situazione: «Ho notato che anche con Gabriel non esci più molto rispetto al solito e in classe non vi parlate spesso. Mi dispiace perché non vorrei che, per colpa di qualche litigio, tu ti stessi allontanando da tutti noi della classe».

Per me è ancora più difficile parlare di quello che è successo con lui perché se con Bianca non ho nulla da rimproverarmi, visto che è sua la colpa del nostro litigio, con Gabriel, invece, so di aver decisamente esagerato, anche se non voglio ammetterlo.

Senza sapere bene cosa dire scelgo il silenzio, sperando che Erica capisca da sola che ha toccato un tasto dolente. Ma mentre attraversiamo la strada, ormai lontane da scuola, lei continua: «Comunque ho visto che quest'anno Gabriel è cambiato molto, soprattutto negli ultimi mesi. Tu che lo conosci così bene, non lo vedi diverso? Secondo me dipende dal fatto che non c'è più Gemma in classe».

Le sue parole mi lasciano un po' perplessa. Non capisco cosa intenda perché, esclusa la nostra discussione, non mi è mai sembrato che Gabriel avesse qualcosa di strano e, soprattutto, non ho mai pensato che la mancanza di Gemma potesse influenzarlo così tanto. Anche io sono sua amica, perché non dovrei bastargli?

Tra lui e Gemma c'è un legame che dura da anni, ma io non penso di essere da meno! Sono abbastanza infastidita perché non voglio che sembri che io non sia riuscita a stare vicino a Gabriel come Gemma ha sempre fatto, quindi le rispondo: «In che senso? Forse ultimamente non andiamo così d'accordo, ma questo riguarda il nostro rapporto. In generale lui mi sembra lo stesso di sempre!».

Lei però continua imperterrita, guardando fisso davanti a sé, come se stesse cercando di dare il nome a un'immagine per cui non sa trovare la giusta definizione: «No, io sento che c'è qualcosa che non va. Ecco, per esempio, oggi non hai visto che faccia aveva quando siamo tornati su in classe dopo l'ora di educazione fisica?».

«Sì, ma questo è normale, lo sai che Gabriel odia fare ginnastica, e alla fine non posso dargli torto: anch'io non è che mi diverta molto!»

«Non si tratta di questo, Luna. A me sembrava molto scosso, forse anche nervoso ma più che altro dispiaciuto o preoccupato. E ora che ci penso anche l'altro giorno, durante l'intervallo, l'ho visto tornare dopo aver parlato con quei tipi di quinta C, sai, Samuele e il suo gruppetto. Aveva quella stessa faccia così strana. Sono amici suoi?»

«Samuele amico di Gabriel?» rispondo sorpresa. «Non credo proprio!»

Adesso mi sento quasi in colpa, mi chiedo se Erica

stia esagerando o se è davvero possibile che io sia stata così immersa nei miei problemi da aver trascurato per orgoglio il mio più caro amico.

Sinceramente non ho proprio voglia di continuare con lei questo discorso, ho bisogno di ragionarci da sola, infatti sono subito sollevata quando noto che ormai siamo arrivate alla fermata della metro, ci salutiamo e andiamo in direzioni diverse.

Torno a casa con la testa piena di pensieri, per fortuna la mamma è al lavoro e posso rintanarmi tranquillamente in camera mia con Salem mangiando un toast.

Mi siedo sul letto avvicinando il computer e, accendendolo, ripenso a questa storia di Gabriel e di quelli della quinta C. Mi tornano in mente, come dei flash, scene viste da lontano che risalgono all'anno scorso: Samuele e Gemma che discutono animatamente, come se stessero litigando

Sarà stato un altro suo ex come Thomas? È possibile che in qualche modo Gabriel adesso sia stato coinvolto in qualche discussione che li riguarda? Ma cosa può esserci di così importante quest'anno, con Gemma così lontana?

Sono confusa e agitata, è come se parlare con Erica mi avesse riportato alla realtà: in quest'ultimo periodo ho lasciato ai lati della mia mente un sacco di cose e di persone. Ho scelto di non pensare a niente concentrandomi su di me, ma la verità è che ho ancora questioni in sospeso da risolvere. Vorrei chiamare Gabriel all'istante solo per chiedergli come sta, però so bene che prima dobbiamo trovare il modo di affrontare ben altri discorsi e chiarimenti.

Okay Luna, ora basta però, svuota la mente: domani è un giorno speciale!

Il pensiero dell'inaugurazione della mostra in cui sarà esposto anche il mio quadro mi riscuote, ancora non riesco a credere che sia già arrivato il grande giorno!

Ho fatto questo corso con tantissimo impegno e passione, sono emozionatissima per domani, ci tengo tanto e voglio essere perfetta.

Scelgo dalla mia playlist preferita *Teenage Dream* di Katy Perry, per aiutarmi a scacciare tutti questi pensieri. Iniziando a tenere il ritmo, seguendo le note divertenti e spensierate, appoggio sul letto praticamente tutto quello che ho nell'armadio e inizio a cambiarmi guardandomi allo specchio.

Prima di tutto provo qualcosa di sportivo: dei

jeans e una maglia semplice, perché non voglio essere troppo appariscente. Guardandomi allo specchio, però, mi rendo conto che così sono veramente normale e noiosa. Allora metto un vestito bianco di pizzo, ma questo invece mi sembra davvero troppo elegante, quasi da cerimonia...

Cerco un paio di scarpe da abbinare a un top azzurro e mentre mi muovo per la stanza provo a ballare seguendo la musica in sottofondo. La verità, però, è che oggi mi sento triste e quando mi guardo nuovamente allo specchio non posso mentire a me stessa: non ho idea di cosa fare domani, non ho idea di come vestirmi, di come truccarmi, ma più in generale di comportarmi.

Allora mi fermo, lascio perdere i vestiti e mi siedo per terra davanti allo specchio grande. Inizio a guardarmi negli occhi, occhi che ultimamente sto truccando un po' più del solito e non posso fare a meno di notare tutte le cose che negli ultimi mesi sono cambiate, come i miei capelli biondi che ormai da tempo terminano con queste punte tinte di lilla. Ora che mi osservo così, nell'insieme, mi rendo conto che, in effetti non mi stanno poi così bene, e per un attimo mi chiedo: «Ma perché le ho fatte?».

Salem è saltato giù dalla solita mensola per venire a farmi le fusa: tenendolo in braccio lo accarezzo, strofino la guancia contro il suo pelo nero morbido e profumato e chiudo gli occhi: ricordo quella sera con Zoe, la lista dei desideri, quel bacio rubato, e per la prima volta mi assale il pensiero che quei desideri che ho espresso, più che miei, fossero suoi.

Negli ultimi mesi la mia vita è cambiata tantissimo e ho fatto cose che non avevo mai fatto prima: sono uscita spesso tornando a casa anche molto tardi, ho conosciuto persone di tutti i tipi, ho sfidato a testa alta la disapprovazione dei miei genitori... è stato entusiasmante e liberatorio, ma solo adesso mi sto chiedendo quanto le esperienze che ho vissuto mi appartenessero realmente.

Guardandomi ora allo specchio mi sento strana, come se mi fossi lasciata prendere un po' troppo la mano, senza ascoltare davvero me stessa. Pur di stare con Zoe e scoprire com'era fatto questo suo mondo a me completamente sconosciuto, forse mi sono spinta un pochino più in là di quanto mi sarebbe venuto spontaneo, mi sento come se solo in questo momento stessi finalmente aprendo gli occhi.

Una volta conosciuta Zoe ho iniziato a convincermi del fatto che due persone per stare insieme non dovessero essere per forza uguali, anzi! Scoprire un intero universo opposto a ciò a cui ero abituata mi intrigava tantissimo. Ho iniziato a conoscerla e a capire che di lei mi piaceva tutto, dal modo di vestirsi alle opinioni che aveva della vita. Il problema è che non mi sono limitata a questo, non mi è bastato rendermi conto di provare qualcosa per lei. Io sono cambiata.

Uscire tutti i sabato sera per partecipare a qualche strana festa mi ha stancato. Ascoltare musica indie e andare a concerti dove la metà delle persone fuma di tutto tranne che sigarette, a me non diverte. I capelli colorati stanno così bene a tante persone, ma io queste punte lilla non le volevo davvero. E poi, la cosa più importante: io ho sempre sognato un amore folle ma indistruttibile, pieno di sorprese ma con tante sicurezze e, invece, con Zoe ho deciso di accettare quello che lei ha scelto per entrambe.

Non abbiamo mai dato un nome al nostro rapporto perché per lei non era importante e io per qualche stupido motivo ho accettato la cosa, pensando che fosse giusto scendere a compromessi in nome dei sentimenti.

Ora, però, mi trovo qui di fronte allo specchio e non mi riconosco più.

In tutti questi mesi il mio sguardo è stato offuscato dalla musica alta dei locali, dalle luci accecanti a intermittenza e dalle nostre risate che riempivano i silenzi.

Questo non è amore, ma solo perdere se stessi.

All'improvviso squilla il telefono, qualcuno mi sta chiamando e quando poso lo sguardo sullo schermo leggo il nome di Zoe.

Lascio che la suoneria finisca per poi cancellare la notifica della chiamata e, appoggiando il cellulare per terra, osservo lo sfondo salvaschermo che è il quadro che presenterò alla mostra.

Ho passato intere settimane a dipingere questo giardino di rose, concentrandomi particolarmente sui giochi di colore, sulle sfumature, sui punti di luce e di ombra. Ho dedicato tutta me stessa a realizzarlo, l'ho difeso anche contro quello che mi diceva il professore perché sentivo di tenere tantissimo a queste rose, ma ora che lo rivedo in foto mi chiedo perché ho insistito tanto nel sceglierlo.

Ora mi è tutto molto più chiaro.

Tra tutti quei colori non c'è neanche una punta di nero, ma la mia visione artistica invece è sempre stata così: molto nitida e semplice, al contrario di Zoe che guarda il mondo in un arcobaleno di colori. Prima di conoscerla avevo sempre scelto di disegnare solo al tratto usando penna, carboncino e matita, tutti rigorosamente neri, proprio come ho fatto per quegli schizzi che tengo custoditi nella cartellina nascosta tra i vestiti.

Ora sento che è arrivato il momento di riaprirla dopo tanti mesi e di lasciarmi ispirare da quello che avevo disegnato: quasi in maniera automatica la prendo dal suo nascondiglio e la appoggio sulla scrivania, aprendo un varco nel disordine delle mille cose che ci sono appoggiate sopra.

Sotto lo sguardo di Salem, che si è appollaiato sulla poltrona e si sta leccando le zampette con aria tranquilla e compiaciuta, apro la cartellina e non ho più paura di guardarci dentro. So che non posso più nascondere le mie emozioni come ho fatto finora.

I fogli sono di forme e consistenze diverse, alcuni sono anche un po' strappati, riconosco le linee sinuose a volte interrotte e quel tratto nero e netto che mi piace tanto. Anche se in realtà li ho fatti tutti di getto in momenti diversi della mia estate, sembrano quasi parte di un unico progetto ragionato: ognuno ritrae un particolare che in cuor mio so appartenere a una persona che non ho mai dimenticato.

Delle labbra carnose e scure, una mano affusolata con unghie laccate di nero, capelli lunghi e sciolti, un aereo, dei grattacieli... Un occhio chiaro, di ghiaccio.

Li osservo trattenendo il fiato, sfogliando uno a uno ogni disegno e non posso fare a meno di pensare a domani, alla mostra.

Ormai la sala è allestita e su una delle pareti è già appeso il mio giardino di rose, quel quadro che di me non racconta proprio nulla.

In questo momento ci sono le mie amiche fuori a divertirsi insieme e Gabriel, chissà dove, forse sta soffrendo per un motivo che nemmeno conosco.

Mi sento molto sola, sola e triste.

Improvvisamente, come un lampo, un'idea attraversa la mia mente.

Tolgo tutto dalla scrivania, anche la cartellina, libero il tavolo e la mia mente, prendo un foglio bianco e inizio a disegnare.

In lontananza sento risuonare nella mia mente le parole del prof: «Le cose di cui più avete paura. Disegnate questo».

19

Milano, 29 aprile

La primavera è ormai iniziata e, nonostante sia già scesa la sera, oggi si sta benissimo anche solo con una giacchetta leggera di jeans. Alla fine ho scelto di mettere un vestito elegante e allo stesso tempo semplice, nero e attillato, abbinato però al mio giubbetto preferito che smorza la serietà dell'outfit. Ho ragionato tanto anche sulle scarpe: so che molte delle mie compagne indosseranno i tacchi, ma io ho optato per la comodità e sono andata sul sicuro con le All Star argento glitterate.

Controllo l'orario e decido di uscire, ho sperato fino all'ultimo che mia madre si liberasse dal lavoro in tempo, ma dal suo messaggio capisco che sarà meglio avviarmi alla mostra, sicuramente mi raggiungerà durante il corso della serata, forse anche con papà!

Mentre chiudo il portone del condominio mi guardo intorno sperando che Gabriel non sia ancora uscito di casa, così da non doverlo incrociare per sbaglio.

Tiro fuori come sempre il cellulare per farmi compagnia con qualche canzone e subito mi rendo conto che non ho più richiamato Zoe da ieri pomeriggio. Tra l'altro ormai sono tre settimane che non ci vediamo, lei non si è nemmeno più presentata al corso. Chissà se stasera sarà alla mostra. È inevitabile per me ripensare alle parole di Gabriel e a come me l'ha descritta il primo giorno: scostante e inafferrabile, un giorno c'è e l'altro sparisce. Ci ragiono per un secondo ma subito scaccio il pensiero dalla mia mente e, come per dimostrare a me stessa che ancora una volta io ho ragione e lui ha torto, decido di scrivere a Zoe per chiederle a che ora arriverà alla galleria. Quando apro la chat su WhatsApp noto che il nostro ultimo messaggio risale a una settimana fa ed è come se tutti questi giorni senza sentirci fossero passati velocissimi. Come al solito, il suo ultimo accesso è di ieri sera e oggi non si è ancora connessa, io però decido di scriverle comunque, anche se dopo aver premuto invio già inizio a dubitare di ricevere una risposta immediata.

Apro Spotify e seleziono l'intero album di Zayn che ascolto sempre quando voglio isolarmi dalla realtà, per lasciarmi dietro le preoccupazioni. Mi incammino verso la metro, infilando il telefono nella mia piccola borsa a tracolla di cuoio scuro.

Arrivata davanti alla galleria mi blocco per un attimo sul marciapiede opposto, con il cuore che batte a mille e l'ansia che inizia a salire. È così strano sapere che lì dentro, insieme agli altri, c'è anche il mio lavoro, esposto pubblicamente al giudizio di chiunque.

Prima di scendere dal marciapiede prendo un grande respiro, in questo momento così importante non ho accanto nessuna delle persone che mi sono più care, ma forse, in fondo, oggi è giusto che sia così.

Quando attraverso la strada per varcare da sola l'entrata antica della galleria, so che sul mio volto e nei miei occhi c'è tanto entusiasmo.

Dentro di me ho una grandissima curiosità e non vedo l'ora di entrare per trovare una risposta: cosa avrà deciso, alla fine, il prof?

Ho passato tutta la notte a disegnare e, quando ho finito, ho deciso che quello che avevo appena creato per me era troppo importante, tanto che avrei fatto di tutto pur di poter sostituire alla mostra il dipinto delle rose con quello, quindi ho fatto una pazzia. Ho scritto tutto al professor Conti, lui mi ha risposto questa mattina spiegandomi che non era in casa ma che potevo lasciargli il nuovo lavoro in portineria e lui avrebbe dato un'occhiata, sebbene fosse praticamente impossibile cambiare il quadro esposto alla mostra il giorno stesso dell'inaugurazione.

Così ho fatto, gliel'ho affidato con tutta la mia speranza e, anche se so bene che le possibilità di trovare il mio ultimo disegno lì dentro sono poche, nello spingere la porta mi sento timida e spavalda allo stesso tempo, fiera del mio quadro e curiosa di vedere come andrà.

Lo spazio espositivo è in un palazzo d'epoca in pieno centro, con muri alti, rifiniture d'oro e il pavimento in marmo intarsiato: è una sala molto bella, maestosa e già affollata di persone di tutte le età. Sapevo che sarebbero venuti anche dei giornalisti e altri professori d'arte. Mi faccio spazio tra tutti quanti cercando almeno il volto del prof: lo vedo in lontananza, dall'altro lato della sala, mentre si trova di spalle insieme a un gruppo di una decina di persone davanti a uno dei pannelli. Mi viene naturale avvicinarmi e accanto a lui riconosco Lorenzo, il ragazzo più bravo del corso: sicuramente staranno osservando e commentando il suo quadro.

Voglio sbirciare anch'io e senza farmi troppo notare mi metto dietro al gruppetto. Intravedo, però, che il pannello non è occupato dall'enorme tela di Lorenzo... Trattengo il fiato, rendendomi conto che quello che stanno guardando è il mio disegno.

È molto piccolo rispetto agli altri quadri e anche decisamente essenziale: su un foglio bianco ho raffigurato, attraverso linee nere molto sinuose, la scena di due ragazze che sono così vicine da toccarsi quasi le labbra, come a sfiorare un bacio.

Sento le ginocchia tremare, come se non riuscissero più a sostenere tutte le emozioni che in questo momento stanno prendendo possesso del mio corpo. Non posso credere che qui, ora, io stia condividendo con tutte le persone presenti, compresi moltissimi sconosciuti, un'immagine che trae spunto dai miei ricordi più preziosi: in poche ore è passato dalla mia cameretta a essere appeso su questo pannello alla mostra.

A un tratto vengo distratta dai miei pensieri perché mi sento toccare sulla spalla da una mano: «Hai visto, Luna, alla fine ho deciso di sostituire il tuo quadro!

Ne sono rimasto sorpreso perché una cosa del genere non l'avevo mai fatta per nessuno. Ma pure tu, cosa ti viene in mente di cambiare il lavoro il giorno stesso della mostra?» dice Conti scuotendomi leggermente il braccio con gli occhi che ridono.

Poi mi prende a braccetto e mi porta un po' in disparte dal gruppetto di ragazzi che lo stavano ascoltando. Si fa serio, mi guarda intensamente e riprende a parlare con una voce più bassa e un tono quasi paterno: «Sono molto orgoglioso di te, Luna. Questa è un'opera che davvero parla di te e del tuo mondo, che mette a frutto tutto ciò che hai imparato al corso, ma soprattutto rappresenta la tua sensibilità artistica e la tua visione. Brava. Hai visto? A volte basta poco per dare tanto, quando si lavora nel modo giusto!».

Trattengo a stento le lacrime da quanta gioia mi danno le sue parole, anche perché lui non è solito fare complimenti così facilmente. Dopo tutte le traversie che ho avuto anche con lui negli ultimi tempi mi sento davvero motivata ad andare avanti sulla mia strada, più sicura, senza preoccuparmi troppo di quello che gli altri si aspettano da me.

Intanto anche Alberto e Sarah si accostano a noi per farmi i complimenti e salutarmi. Mentre chiacchiero con loro non posso fare a meno di scrutare la sala per cercare con gli occhi Gabriel, ma non lo vedo ancora da nessuna parte. In compenso, però, sento una risata inconfondibile provenire dall'entrata della sala e subito d'istinto mi volto.

Non appena giro lo sguardo vedo farsi spazio tra le persone Zoe insieme a Gloria, che ho già incontrato qualche volta in discoteca e nei locali. Anche se Zoe ha i suoi capelli rosa, e parla e gesticola con la solita naturalezza, io non posso fare a meno di notare qualcosa di diverso in lei, forse perché indossa un vestito nero lungo e molto scollato che non le avevo mai visto. Ha i capelli raccolti, dei sandali con i tacchi alti ed è truccata benissimo. Con disinvoltura lei e la sua amica si tengono per mano e si cercano continuamente con lo sguardo, mentre Zoe attraversa la sala fermandosi a salutare gli altri ragazzi e a guardare tutti i lavori.

Io rimango ferma accanto al mio quadro, quasi come a volerlo coprire. Certamente non le piacerà, visto che rispecchia uno stile completamente diverso dal suo gusto.

È Gloria a notarmi e riconoscermi per prima e, salutandomi da lontano, si avvicina sorridendo e portando per mano Zoe. Per un istante mi sento improvvisamente piccola e timida come prima di entrare in questa sala, ma con mia sorpresa Zoe mi saluta con un bacio sulla guancia in modo totalmente tranquillo.

Guarda il quadro alle mie spalle, poi sposta di nuovo lo sguardo su di me e mi dice: «Ah! Ma è tuo questo disegno? Pensavo che avessi scelto quello con le rose... Hai fatto bene, però, a esporre questo, è stupendo!».

Il suo tono è come sempre naturale e mentre parla mi accarezza il braccio, come per complimentarsi. Io rimango immobile, impietrita, non tanto perché ho rivisto Zoe dopo tanti giorni, ma perché non mi aspettavo assolutamente una reazione del genere.

È come se questi giorni in cui non ci siamo sentite per lei non fossero esistiti. Sembra proprio che non si renda neanche minimamente conto di quanto io sia diventata più fredda nei suoi confronti.

È come se per lei andasse tutto bene e questo, invece di rincuorarmi, mi disturba ancora di più.

Non faccio in tempo a trovare le parole per risponderle che Zoe ha già riconosciuto altri amici tra la folla, mi saluta velocemente e se ne va. Io la saluto con un sorriso che di amorevole non ha proprio niente e poi decido di spostarmi dalla folla per stare un momento da sola.

Cerco di orientarmi nella sala per trovare un varco tra la gente verso l'uscita e andare a prendere un po' d'aria mentre aspetto che arrivino anche i miei genitori, ma quando mi volto vengo spinta bruscamente da una persona distratta che probabilmente non mi ha vista: girandomi riconosco subito che questo ragazzo, con il maglione rosa e i jeans di un azzurro chiarissimo, è Gabriel.

Anche lui si volta e, quando mi vede, i suoi occhi si illuminano e la sua bocca si apre in un sorriso. In un attimo, però, si rimangia bruscamente la sua espressione positiva, come se si fosse ricordato solo ora di essere ancora arrabbiato con me.

Mi dice soltanto: «Oh scusa, non ti avevo vista» e si allontana velocemente.

20

5 maggio, New York City

Mi trovo al trentesimo piano di un grattacielo, nel *rooftop bar* sul tetto di un bellissimo hotel. I miei occhi sono spalancati e sbalorditi dalla vista che ho intorno.

Il rosa e l'azzurro del cielo si fondono in questo tramonto primaverile che ho davanti. È uno spettacolo che mi lascia senza parole. La luce aranciata del sole che si nasconde oltre l'orizzonte illumina gli edifici della città, creando bellissime sfumature sulle vetrate imponenti dei grattacieli.

Quando passo nella parte esterna del bar non posso fare a meno di bloccarmi imbambolata, finché un cameriere non mi tocca sul braccio per chiedermi di spostarmi.

Sto aspettando Kasper e sono felice che abbia insistito per vederci qui per un aperitivo: nell'ultimo periodo, dopo essere tornata da Milano, mi sono concentrata solo sulla scuola e sulla musica, avevo proprio bisogno di un momento di leggerezza e questo panorama mozzafiato su Manhattan mi rende già entusiasta di essere uscita.

Sento nella borsa il telefono che squilla: ho ricevuto un messaggio. È Kasper che mi avvisa di essere come sempre in ritardo, quindi decido di iniziare a prendere posto per godermi la vista da una posizione più comoda. Diversi tavolini sono già occupati e io mi sento qualche sguardo addosso, mi capita spesso di attirare la curiosità delle persone che mi circondano e, come sempre, non ci faccio caso più di tanto e continuo per la mia strada. Raggiungo un posto libero nella parte più bella e panoramica della terrazza, vicino al bancone esterno.

Kasper compare all'improvviso proprio mentre sto appoggiando la borsa sulla sedia, muovendosi in modo brusco e indaffarato come al suo solito, allora io mi giro verso di lui e gli dico: «Sei salvo, non sei arrivato poi così tardi, sono qui da pochissimo. Ma altri due minuti e mi sarei andata a sedere al tavolo con quei tipi lì!» dico indicandogli i ragazzi al tavolo accanto, che in effetti secondo me non sarebbero per niente dispiaciuti della mia compagnia!

Lui ridendo si mette di fianco a me e risponde: «Ehi! Ormai mi conosci, non devi neanche più arrabbiarti». Poi mi dà due baci e annuncia felice: «Per farmi perdonare ho già ordinato per tutti e due».

«Spero che tu abbia preso qualcosa di forte Kasper, perché ti avviso che stasera ti voglio raccontare un bel po' di segreti!»

«Ma se ormai so già tutto, che cosa mi nascondi ancora?»

Il sorriso quasi mi si spegne a rivivere tutte le emozioni che ho provato in queste settimane, fin da quel giorno a Milano in piazza Duomo. È stato pesante non parlarne con nessuno, ma avevo bisogno di un po' di tempo per mettere ordine in quel casino che avevo in testa. Se ho rimandato così tanto l'invito di Kasper non è stato solo perché dovevo studiare, ma anche perché non ero ancora pronta a condividere con lui quello che è successo.

Guardo il cielo come per prendere ispirazione per iniziare il discorso e lui mi tocca il braccio e mi chiede con gli occhi che ridono: «Allora, intanto non mi hai ancora detto quanto ti piace questo posto!».

«Sì, è vero, devo ammettere che avevi ragione e sono felice di essere qui» gli concedo io, sistemandomi comoda sul divanetto su cui siamo seduti entrambi e lasciando che il cameriere appoggi il bicchiere sul tavolino di vetro. Kasper ha ordinato per entrambi un cocktail che al primo sorso è buonissimo ma decisamente molto forte.

«E poi stai benissimo vestita così, anzi stai attenta perché se per uscire con me ti presenti sempre così bella, potrei provarci di nuovo!»

Gli tiro un colpo sulla gamba ridendo e lui si schermisce: «Lo sai che scherzo, dai, *sweetie*! E poi te l'ho detto che ho conosciuto Hannah qualche settimana fa e che ci voglio provare sul serio almeno per una volta. Anzi l'avrei invitata a venire anche stasera, ma pensavo che fosse meglio vederci almeno una volta noi due, giusto?».

«Giustissimo, questo è il nostro appuntamento» gli rispondo con uno sguardo malizioso toccando il suo bicchiere con il mio.

Dopo aver ricambiato l'occhiata lo vedo scrutarmi con attenzione, per poi dirmi con un tono più basso: «Gemma, sai che io dico sempre la verità, giusto? A volte mi costa caro, ma almeno sono sincero».

«Sì, Kasper, ma che c'è? Mi guardi come se improvvisamente avessi capito che io sono un'aliena arrivata direttamente dallo spazio!»

«Su questo non c'è dubbio, è ovvio che tu lo sia, ma non era questo che intendevo. Ti vedo più *down* in questo periodo, più spenta, un po' stanca. Diversa!»

Io sorrido e gli rispondo: «Ah, grazie per il complimento!» e poi facendomi più seria aggiungo: «Comunque sì, hai ragione, ma è solo che si avvicina la fine dell'anno scolastico e voglio mantenere i voti alti, tutto qui!».

Lui mi prende in giro: «Sì, sì, non c'è bisogno che me lo dica, lo so che sei secchiona! Ma quindi se ci tieni così tanto vuol dire che hai deciso di restare anche per l'anno prossimo? È questo il segreto che mi devi annunciare?».

Io distolgo subito lo sguardo dagli occhi di Kasper e lo sposto verso le persone che ci circondano, cercando qualcosa di interessante da osservare. Lui non mi lascia trovare il tempo di rispondergli che subito si avvicina a me e mi sussurra: «Non dirmi che anche dopo il viaggio a Milano non ti sei ancora decisa!».

«In realtà quel viaggio anziché aiutarmi mi ha messo ancora più confusione» dico trattenendomi dall'entrare nei dettagli. È molto difficile per me esprimere ad alta voce ciò che è successo e che ho provato, anche perché non ho ancora parlato con nessuno di quel giorno in piazza Duomo, nemmeno con Gabriel.

So che Kasper sicuramente vorrà sapere subito tutto e infatti insiste: «Cosa sarà mai successo a Milano, oltre ad aver rivisto i tuoi genitori e aver mangiato una pizza più decente di quella che puoi trovare qua?».

E io, passandomi una mano sul viso: «In realtà ho incontrato alcune persone che non vedevo da tanto tempo».

Kasper spalanca gli occhi, mi prende la mano e mi chiede: «Hai rivisto Luna, vero?».

Io sono come impietrita, vorrei raccontargli tutto ma non riesco a trovare una risposta migliore del silenzio e allora lui continua a incalzarmi: «Perché non me l'hai detto prima? Sono passate settimane, ci siamo sentiti duemila volte e non mi hai mai detto niente. Dai, non fare come al solito la misteriosa, sputa il rospo *Brownie*, *what happened*?».

«Calma, Kasper, calma, non l'ho detto a nessuno perché in realtà non so bene nemmeno io cosa sia successo, cioè, è stata proprio una cosa inaspettata!»

«Inaspettata? Ma quindi non vi eravate date appuntamento? Vi siete sentite mentre tu eri là?»

«No, non abbiamo deciso di vederci. Non so se sia stato il destino o qualcos'altro, ma ci siamo incontrate senza esserci messe d'accordo in mezzo a una folla di gente. Sono sicura che lei non avrebbe mai voluto vedermi, però è successo e io... davvero non so, non so spiegare neanche a me stessa quello che ho provato e cosa voglia dire.»

Kasper mi guarda un po' divertito perché capisce che sono in difficoltà a parlare dei miei sentimenti, poi come fosse la cosa più logica del mondo continua: «Gemma, questo vuol dire che lei ti piace ancora» e lo dice così, semplicemente, ad alta voce, come per farmi capire che non c'è niente di male ad ammetterlo in modo chiaro.

Allora io riporto lo sguardo sulle cime dei grattacieli ora colorate di un viola che anticipa il buio della sera, e dico: «Sì, è così, volevo dire proprio questo, ma non so per quale motivo non riesco a pronunciare certe parole. Ti giuro che non mi è mai successa una cosa come quel giorno con Luna. Appena l'ho rivista ero talmente travolta dall'emozione che non riuscivo a pensare a nulla se non: "Io devo stare qui, non devo andare da nessun'altra parte, devo stare qui a Milano, qui con Luna"».

Vedo che sul viso di Kasper passa un'ombra di tristezza, come se l'idea che io possa scegliere di rientrare nella mia città fosse un'opzione che non aveva considerato, ma poi i suoi occhi si fanno di nuovo dolci e, passandosi una mano nei capelli lunghi, mi dice: «Quindi hai scelto di tornare a Milano per stare con Luna?».

«Non è facile decidere, Kasper. Quando abbiamo iniziato a parlare ho notato una Luna cambiata nel modo di fare, nelle parole, nell'atteggiamento. Quella che ho visto quel giorno mi sembrava lei solo per metà, come se per tutti questi mesi in cui sono stata via fosse cambiata troppo. Davanti a me non avevo la stessa Luna che ho conosciuto un anno fa e, sicuramente, è per questo che ancora una volta non sono riuscita a trattenere il mio carattere schifoso!»

Kasper mi guarda con aria sconsolata, prende una patatina e chiede: «Avete litigato, eh?».

«Esatto. Ma quando l'ho vista così fredda con me e quando lei per prima mi ha detto che voleva andare via, non ho capito più niente! Nonostante tutto, però, ora non riesco a pensare a nient'altro che a lei» dico tutto d'un fiato prendendomi poi una pausa.

Kasper attende che io riprenda la parola e così continuo: «Non so più cosa fare, se accettare la borsa di studio per restare qui o rientrare appena possibile a Milano. So benissimo che sarebbe molto più semplice rimanere a New York e lasciarmi tutto alle spalle e non posso ignorare il fatto che quella che c'è a Milano adesso non sia più la stessa Luna».

Kasper si guarda intorno e dopo un attimo di silenzio mi dice piano: «Pensa bene a tutte le occasioni che lasci se decidi di non restare in America, Gemma» e la sua aria triste mi fa pensare che non si riferisca solo ai grattacieli. «Comunque, capisco che rivedendola tu ti sia resa conto che la distanza non ti ha aiutata per niente a dimenticarla.»

«Esatto, anzi, quando l'ho rivista forse ho provato ancora più emozioni dell'ultima volta che ci eravamo salutate. Non credevo che potesse essere tanto intenso, così come non avrei mai immaginato di incontrarla proprio nel bel mezzo del caos di Milano, come in un film. Ma, Kasper, come posso fare a capire se ne vale la pena? Come posso trovare la forza di lottare per qualcuno che non riconosco più?»

Lo vedo senza parole, forse perché non si aspettava che io potessi parlargli così apertamente e lui quasi non si sente in grado di darmi un consiglio.

Tornando per un attimo alla realtà, mi rendo conto che in sottofondo c'è una delle mie canzoni preferite, proviene dagli altoparlanti del bar! Riconosco la voce di Troye Sivan che canta "*Distance makes the heart grow fonder, said by someone stronger than me*", una delle mie frasi preferiti di *DKLA*.

Alzo la testa per osservare ancora una volta il cielo, ormai nero, e vedo le prime stelle accendersi sopra di noi, è come se per la prima volta vedessi tutto chiaro... "La distanza rafforza i sentimenti, questo lo dice una persona più sicura di me."

Mi volto verso Kasper, contraccambio il suo sorriso, lo guardo negli occhi e gli dico: «Credo di aver preso la mia decisione».

21

9 maggio, Milano

Sono seduta sul divano in salotto insieme alla mamma, abbiamo finito di cenare e stiamo guardando un film, ma io non riesco a seguirlo, mi annoio e mi sento un po' irrequieta. Mi alzo per andare in cucina a prendere qualcosa di dolce dalla credenza e, mentre passo davanti alla finestra, mi fermo per un momento a guardare fuori. È una serata tranquilla, il cielo è limpido e la luna quasi piena splende insieme alle stelle. Mi soffermo a osservare l'atmosfera che appare così calma a confronto con il caos che regna dentro di me. Spostando lo sguardo vedo dall'altra parte del cortile il palazzo dove abita Gabriel, c'è la finestra che dà proprio sulla sua camera con le tende aperte. La luce è accesa, posso distinguere perfettamente tutti i mobili che conosco a memoria e, quando vedo Gabriel che gira per la stanza con un libro in mano, capisco che sta ripassando per l'interrogazione di domani.

Questi pensieri mi mettono addosso una forte nostalgia.

L'anno scorso in queste serate più calde, che anticipavano l'estate, spesso ci mettevamo a ripassare dopo cena sulle sedie nel suo balcone, bevendo acqua e menta e alternando un capitolo e una chiacchiera. Adesso, però, le sedioline di legno sono ripiegate contro il muro e noi due siamo fermi a questa distanza, quasi neanche ci salutiamo quando ci incrociamo.

Sono giorni e giorni che ripenso a quando, durante la mostra, ci siamo visti e lui mi ha accennato un sorriso che si è spento un attimo dopo. Adesso, che lo vedo passeggiare su e giù per la camera parlando da solo tutto deciso, capisco che è arrivata l'ora di fare qualcosa, di fare il primo passo. Me ne frego dell'orgoglio e faccio quello che di solito non mi appartiene, cioè agire d'istinto senza pensarci su. Invece di fermarmi e iniziare a farmi mille domande su come e cosa posso dirgli, decido di passare direttamente ai fatti.

Mi avvio verso la porta senza neanche avvisare la mamma, che ovviamente mi ferma: «Luna, ma dove stai andando?».

Lei è totalmente ignara del nostro litigio, quindi le dico semplicemente: «Vado un attimo da Gabriel perché mi sono ricordata che dobbiamo finire un compito insieme».

Come presa dalla premura di arrivare da lui il prima possibile, appena chiudo la porta di casa, accelero il passo verso le scale. Arrivata in cortile mi rendo conto di star letteralmente correndo, ma non rallento. Salendo gli scalini a due a due, arrivo alla porta di casa sua e citofono.

Sento voci parlare e dei passi avvicinarsi, io attendo con il fiatone.

Quando la maniglia si abbassa e io alzo lo sguardo verso l'entrata, vedo davanti a me una ragazza alta e magra, in tuta, con i capelli scuri divisi in due trecce sottili che le arrivano fino all'ombelico. È Samanta, la sorella maggiore di Gabriel.

Rimango ferma, trattenendo la mia agitazione, cercando qualcosa da inventarmi per spiegare la mia visita inaspettata. Lei mi guarda un po' stupita, quasi incredula di vedermi a quest'ora sulla porta di casa con le infradito, i capelli legati e la maglietta di Grifondoro. Dalla sua espressione deduco che a grandi linee sa del litigio tra me e Gabriel.

Mentre provo ad abbozzare un sorriso incerto, Samanta si sposta per farmi entrare e, con un gesto un po' imperioso, come se fossi anch'io una sua sorellina minore, mi sussurra complice: «Vai pure, è in camera sua che sta studiando». Subito dopo lo chiama a voce alta: «Gabriel, c'è qualcuno per te» con un tono dolce e soddisfatto.

Ringraziandola, mi dirigo veloce verso il corridoio e lo percorro con decisione. Sto per aprire la porta, ma Gabriel mi precede e così ci ritroviamo faccia a faccia, per un attimo ci guardiamo in silenzio.

Io osservo il suo viso per cercare di capire cosa sta per dire, cosa sta pensando, se è felice o meno di vedermi. Ritrovo un po' la stessa espressione di quel giorno alla mostra, come se volesse far trasparire che è ancora arrabbiato, ma sotto sotto fosse contento di vedermi lì e non riuscisse a fingere del tutto. Gentilmente, ma sempre rimanendo un po' sulle sue, mi fa entrare e mi indica di sedermi sul letto, mentre lui rimane in piedi con le braccia conserte e mi chiede: «Be', che cosa c'è?» guardandomi dall'alto come se avesse fretta di tornare a fare chissà cosa.

Io lo conosco bene e so che in realtà sta esagerando un po' la situazione, però voglio stare al suo gioco per non farlo innervosire davvero. Allora gli dico senza guardarlo negli occhi: «Visto che domani abbiamo l'ultima interrogazione di storia e tu sei molto più bravo di me, ho pensato che magari potevi darmi qualche consiglio».

«Sì, stavo giusto studiando, possiamo ripetere insieme» risponde, come se mi stesse regalando del tempo prezioso.

Lo guardo di nuovo per capire se qualcosa in lui sta cambiando e, in effetti, capisco che mi scruta in modo un po' ironico, come se mi stesse chiedendo: "Ma perché non mi parli chiaro?".

Io, però, continuo a volerci girare intorno: «Rimango qua con te un pochino per ascoltare quello che stavi studiando, se non ti dà fastidio».

Lui, allora, si siede sul letto cercando di mantenere una certa distanza, riprende in mano il libro di storia e impugna l'evidenziatore giallo.

Capisco che, se non parlo ora, non lo farò mai più. Sento già tutto il coraggio e la decisione che avevo accumulato andarsene, non c'è più tempo. Proprio mentre si sta schiarendo la voce per continuare a leggere, le parole mi escono una dietro l'altra, velocemente: «In realtà sono venuta qui perché mi manchi».

Subito dopo sento le guance farsi più calde e una sensazione di leggero imbarazzo mi pervade, ma Gabriel è rimasto tranquillo, è come se queste parole fossero proprio quelle che lui si aspettava. Appoggia nuovamente il libro sul letto e accenna addirittura un sorriso: «Ci hai messo del tempo ma alla fine ce l'hai fatta! Aspettavo solo che tu me lo dicessi».

Stando al gioco gli ribatto: «Ehi, potevi anche farlo tu!».

«Ma lo sai che sono troppo orgoglioso!»

Scoppiamo entrambi a ridere e ci abbracciamo.

In fondo ormai ci conosciamo molto bene: lui sapeva che io ci avrei messo tantissimo tempo prima di fare il primo passo e io sapevo che lui non l'avrebbe mai fatto. Ora ridiamo entrambi sollevati e io sono felice di aver seguito il mio istinto, era la cosa migliore che potessi fare!

Dopo aver chiarito tutto quello che è successo tra di noi in modo così immediato, lui, da solito amante del gossip, non perde tempo per lanciarsi con le domande che ha dovuto trattenere in tante settimane.

«Ma allora cosa ti ha detto il professor Conti, che all'inaugurazione parlava solo con te? Anzi, a proposito, il tuo disegno mi è piaciuto tantissimo.»

«Oh, grazie! Anche al prof è piaciuto molto e, a quanto pare, a praticamente tutti i presenti in sala. Lorenzo non è riuscito a trattenersi, pure lui è venuto a complimentarsi, ci credi?»

«Cosa? Lorenzo che ammette di non essere l'unico artista capace del corso?» dice con una faccia esageratamente scandalizzata. Subito aggiunge in tono offeso: «Ha letteralmente snobbato il mio quadro, quel simpaticone! Ma, d'altra parte, lui è senza cuore e non può capire l'amore che ho messo nel mio dipinto».

«Che sia senza cuore sono d'accordo» dico io divertita. «Ma era decisamente impossibile avere dubbi sul significato del tuo quadro! Diego di qua, Diego di là! Ormai pensi solo a lui» sorrido prendendolo in giro. «E ancora me lo devi far conoscere! Guarda che non me lo dimentico.»

Gabriel annuisce con forza e fa un respiro profondo: «Sì, lo so, vedrai che quest'estate avremo tutto il tempo. Per fortuna con lui va tutto bene».

Lo dice in modo strano, si incupisce per un attimo, ma è solo un'ombra che gli passa sul viso e subito svanisce.

Lo vedo abbassare lo sguardo per concentrarsi sugli appunti sparsi sul letto, allora gli dico ridendo:

«Vabbe', direi che per stasera con storia possiamo finire qui, no?» e faccio per raccogliere i fogli pieni di scarabocchi, ma lui si alza di scatto per prenderli velocemente e spostarli sulla scrivania tutti spiegazzati. Nel fare questo gesto le maniche della sua camicia si sollevano e lui, accorgendosi di avere i polsi scoperti, li copre subito, tirandole di nuovo giù. Mi guarda di sottecchi come se sperasse che io non abbia visto niente. Purtroppo, però, mi è bastato un istante per notare che ha di nuovo i polsi e le braccia coperti di lividi violacei. Cosa mi sta nascondendo?

Rimango un attimo in silenzio perché ho paura di fargli una domanda troppo diretta. Improvvisamente mi ricordo di Erica e di ciò che mi aveva detto su di lui. Le immagini che si formano nella mia mente non promettono niente di buono, provo a mettere insieme le domande che nei mesi precedenti mi sorgevano spontanee, ma che poi morivano lì, nel momento in cui vedevo Gabriel scoppiare a ridere per cambiare discorso. A volte sono stata io a rimandare la questione, altre invece non ho avuto nemmeno la possibilità di affrontare il discorso.

Lo guardo negli occhi e a voce bassa, cercando di essere discreta, gli chiedo: «Gabriel, davvero, va tutto bene? C'è qualcosa che ti preoccupa? Ha a che fare con quei lividi che hai sulle braccia?».

Mentre parlo vedo che lui perde definitivamente il sorriso, la sua luce negli occhi, e si spegne: capisco di aver toccato davvero un tasto importante e profondo, quasi mi pento di avergli fatto questa domanda: metterlo in difficoltà era l'ultima cosa che volevo.

Lui non risponde al mio sguardo, ma si accarezza le braccia dalle spalle ai polsi con aria pensierosa, come se stesse cercando le parole giuste da dirmi e contemporaneamente trattenendo qualcosa dentro di sé. Non l'ho mai visto così, senza una risposta veloce e brillante sempre pronta per qualsiasi domanda. Aspetto cercando il più possibile di infondergli calma.

Dopo istanti interminabili di silenzio riesce a dire qualcosa: «Luna, non so come spiegartelo. Capisco che tu voglia vederci chiaro, ma in questo momento sono in imbarazzo totale».

Anch'io tante volte mi sono sentita in una situazione simile, con la sensazione di non riuscire a trovare le parole per esprimere a pieno i miei pensieri. Decido, senza dire nulla, di prendergli semplicemente la mano per fargli capire che sono qui per lui, che lo ascolterò qualunque cosa vorrà dirmi e che non deve sentirsi a disagio con me.

Gabriel pian piano, trattenendo sempre il respiro, inizia a scandire qualche parola in modo lento e a bassa voce: «Non ne ho parlato con nessuno e anche adesso per me è davvero difficile affrontare il discorso. Forse è arrivato il momento, forse non dovrei dire nulla. Non so se è la cosa giusta, ma ormai sono troppi mesi che sopporto».

Io capisco sempre di più dove vuole arrivare, finché lui riesce a trovare le parole: «Sono stati quelli della quinta C».

Non ho bisogno che lui aggiunga altri particolari: subito ricollego tutto e provo un incredibile senso di impotenza nei suoi confronti, pensando che per tutto questo periodo sicuramente avrà vissuto situazioni davvero terribili e che io non ero al suo fianco per aiutarlo.

«Il momento peggiore è durante l'ora di educazione fisica» continua lui con la voce tremante, come se si sforzasse di trattenere il pianto. «È dalla prima settimana di scuola che mi hanno preso di mira, soprattutto quando si sono resi conto che Gemma non c'era più. L'anno scorso un paio di volte lei era andata a parlare con quel tipo, Samuele, e per un po' sembrava che la situazione si fosse risolta. Non so per quale motivo quelli la stavano ad ascoltare, ma fatto sta che da settembre sono tornati a darmi fastidio, proprio quando lei se n'è andata. Quest'anno non avevo nessuno a cui appigliarmi. Non è facile parlare di queste cose e già in passato per me era stato difficile ammettere la situazione con Gemma.»

Gabriel mi stringe forte la mano.

«Se prima erano solo parole, insulti o chiudermi fuori dallo spogliatoio per non farmi entrare, con il passare dei mesi sono arrivati anche a prendermi per le braccia e sbattermi fuori senza che io potessi davvero ribellarmi.» Mentre parla guarda nel vuoto e ora sul suo viso è comparso un sorriso amaro. «Ovviamente loro sono sempre in quattro o cinque e se la prendono con me che sono lì da solo.»

«E Francesco e Riccardo, i nostri compagni, che fanno? Stanno lì a guardare?» chiedo io di getto, con la rabbia che sale.

«Figurati! Perché dovrebbero difendermi? Nessuno ha il coraggio di immischiarsi e mettersi contro quelli là. Fanno tutti finta di non vedere, girano lo sguardo dall'altra parte e Samuele ha il via libera per prendersela con me.»

Ascoltando il suo racconto provo dispiacere perché avrei voluto stargli vicino. Anche in questo momento vorrei poter fare qualcosa per risolvere la situazione, ma non saprei da dove cominciare.

Mi rendo conto di tutto quello che Gemma è riuscita a fare per lui quando era qui e l'unica cosa che riesco a dirgli per consolarlo è: «Dai, almeno quest'anno è quasi finito e l'anno prossimo Gemma sarà di nuovo con te».

Gabriel mi guarda con gli occhi pieni di lacrime e mi dice: «Ma come? Non lo sai che lei ha già firmato per restare anche l'anno prossimo a New York?».

22

Milano, 20 maggio

Io e Gabriel arriviamo all'entrata del Lunapark in perfetto orario e, poco dopo, ci raggiungono Vanessa e il suo fidanzato Michele, con cui avevamo appuntamento.

Non avrei mai pensato che un giorno sarei uscita con Vanessa: lei è una delle amiche del gruppo di Gemma e Gabriel, con cui io ovviamente non ho mai avuto a che fare, nonostante siamo in classe insieme.

Quando mi saluta la vedo sorridente, non fa la sostenuta come quando siamo a scuola. Ha i capelli neri e lunghi raccolti in una coda alta e folta. Non mi meraviglia vedere che indossa vestiti succinti e rigorosamente scuri, ci sono abituata. Cammina tenendo per mano un ragazzo alto vestito in modo elegante e quasi un po' troppo serio, come lei che vive solo con i tacchi.

Vederli così tranquilli e sereni mi fa capire che stasera avremo la possibilità di divertirci insieme senza pensare alle tensioni che ci sono in classe, come se fossimo in un universo parallelo. E poi, sapere che Gabriel è tornato nella mia vita mi rende già felice a prescindere.

Ci incamminiamo chiacchierando e, dopo aver varcato l'insegna illuminata con scritto «80's Lunapark» ci sentiamo catapultati direttamente in un'altra epoca. Per la riapertura del parco hanno organizzato una festa a tema anni Ottanta e io non posso fare a meno di osservare ogni singolo dettaglio di ciò che ci circonda. Le solite giostre, come gli autoscontri e le montagne russe, sono state decorate con miriadi di luci e scritte retrò; al centro della piazza c'è un carosello con cavalli e carrozze; sulla destra si apre un piccolo prato disseminato di altalene, scivoli e casette di legno che ricordano i parchi giochi dove si andava da bambini. Tutto è catapultato in un altro tempo, compresi i carretti fast-food che vendono zucchero filato e hot-dog in pieno stile americano. Con queste luci gialle e arancioni e la musica alta in sottofondo, l'atmosfera è semplicemente magica.

Gabriel è al settimo cielo: tiene il ritmo e canticchia *A Kind Of Magic* dei Queen e in un attimo mi sento trascinata in un film che mi piace tantissimo.

Decidiamo, come prima giostra, di provare gli autoscontri e ci mettiamo in fila, visto che il parco è già pieno di gente e sono solo le otto.

Quando salgo sulla macchinina, di fianco a Gabriel che si mette al volante, è come se tornassi bambina. Ogni anno c'era la festa del paese e in piazza veniva organizzato un piccolo festival e, anche se le giostre erano solo quattro o cinque, per me era il Lunapark più bello che avessi mai visto. Era un evento speciale e io e le mie amiche delle elementari lo aspettavamo con ansia, non vedevamo l'ora di andarci. Mi sembra di essere ancora lì ma, contemporaneamente, mi sembra passata tutta una vita: ho cambiato città, scuola, amici e anche un po' i miei sogni.

Mi volto a guardare Gabriel raggiante, con la camicia azzurra e la giacca di pelle grigia, che mi restituisce un sorriso complice.

Non sono più quella bambina eccitata alla festa di paese ma sento dentro di me la stessa felicità, quell'irrequietezza e impazienza, semplicemente la voglia di divertirmi e godermi la vita così come viene, senza doverci sempre ragionare troppo.

Gabriel è scatenato e ci stiamo scontrando con chiunque, continuando a cantare a squarciagola le canzoni anni Ottanta tra queste luci che mi fanno sentire in un sogno. Ci sono persone che addirittura si sono vestite a tema e sembrano veramente uscite direttamente da quegli anni.

Tra tutta la gente il mio sguardo per un istante si posa su una ragazza di spalle con i capelli rosa. È come se per un attimo tutto si fermasse, ma non faccio in tempo a metterla a fuoco che si perde nella folla e io ricomincio a rimbalzare di qua e di là ridendo come una pazza. Sento pensieri lontani farsi sempre più vicini nella mia mente, ma subito li scaccio tornando a osservare la faccia divertita di Gabriel che sta scegliendo la prossima vittima contro cui scontrarsi.

Scesi dall'autoscontro dopo altri due giri, passeggiamo tutti e quattro vicino ai baracchini. Mi sento un po' intontita, mentre Gabriel è euforico e sta già scegliendo con Vanessa la prossima giostra: si avviano verso le montagne russe.

Gabriel si gira verso di me e Michele, che camminiamo un passo indietro a loro ammirando i vari stand stracolmi di dolci, caramelle e panini di tutti i tipi.

«Allora, siete pronti per salire?» ci chiede con un entusiasmo da animatore di villaggio turistico, e Vanessa e Michele gli rispondono all'unisono: «Prontissimi!», mentre io mi limito a sorridergli scuotendo la testa, come per dire: «Io no....».

Ma lui non insiste: basta scambiarci uno sguardo e non ho bisogno di spiegargli niente né di giustificarmi. Semplicemente mi fa l'occhiolino e mi chiede solo scandendo con le labbra, senza farsi sentire dagli altri due: «Sicura? Se vuoi salire ti tengo la mano» facendomi il gesto di stringerla.

Sorrido per ringraziarlo ma scuoto di nuovo la testa, decisamente non mi sento ancora pronta ad affrontare le montagne russe, mi fanno paura da sempre.

Dopo un attimo annuncio ad alta voce: «Ho sete, magari vado a prendere qualcosa. Voi cosa volete?».

Vanessa risponde: «Peccato! Comunque non preoccuparti, grazie, tanto staremo su qualche minuto e poi ti raggiungiamo, no?».

E Michele mi chiede: «Luna, se non sali magari ci fai qualche foto?» mentre Gabriel già è partito per la biglietteria.

Per un momento rimango lì a guardare i miei amici che si stanno sistemando sui sedili, scatto qualche foto finché non vanno troppo in alto per poterli riprendere e a quel punto vengo attirata dall'inconfondibile dolce profumo dello zucchero filato. Ero partita con l'idea di prendere solo una bottiglietta d'acqua ma, ora che mi rendo conto di avere qualche minuto da sola mentre li aspetto... perché no?

Il baracchino è piccolo e semplice, decorato con nuvole bianche e soffici su uno sfondo rosa e azzurro, che ricorda un tramonto. Prendo il mio zucchero filato e mi giro per sedermi su una panchina. Vago con lo sguardo che si perde nell'atmosfera festosa quando, tra la gente in fila per la giostra del terrore, rivedo quei capelli rosa. Questa volta, però, riesco a vedere anche il suo viso e in un attimo i nostri sguardi si incrociano. È proprio lei.

È impossibile che Zoe non mi abbia vista, ma io provo comunque a distogliere lo sguardo trattenendo il fiato, facendo finta di non averla notata. Non mi aspettavo assolutamente di vederla qui e ora non so cosa fare. Abbasso lo sguardo cercando di nascondermi dietro i ciuffi zuccherati del mio dolce e, allo stesso tempo, sbircio per controllare i suoi movimenti.

La vedo staccarsi dal suo gruppo di amiche e dirigersi verso la panchina. È sempre più vicina, finché non mi raggiunge e si siede tutta tranquilla di fianco a me.

«Allora, come mai qui?» mi chiede come se nulla fosse.

Sono confusa ma non voglio lasciarlo trasparire. Per un istante nella mia mente si affollano ricordi e pensieri, ma mi sforzo di restare calma e risponderle con il suo stesso tono distratto e casuale.

Per lei è come se noi non avessimo mai smesso di sentirci e di vederci, come se ormai fosse normale incontrarci così, senza preavviso e, soprattutto, come se questa situazione non avesse bisogno di chiarimenti o spiegazioni per essere risolta.

Io invece ho ben in mente tutti i momenti trascorsi insieme e un po' mi intristisco pensando che il nostro legame, anziché crescere, si sia pian piano sgretolato. Mi rendo conto, però, che forse era naturale che succedesse ed è stata la cosa giusta per entrambe. Se Zoe non sente di dover necessariamente avere un momento di confronto o chiusura sulla nostra storia – che in effetti non è mai stata chiamata con questo nome – in fin dei conti è poi davvero tanto importante per me?

Quasi in contemporanea con questa domanda la mia mente mi restituisce anche la risposta: no.

Se mi guardo dentro con sincerità mi rendo conto che ormai è passato un sacco di tempo e di vita dall'ultima volta che ci siamo guardate con desiderio o che abbiamo passeggiato mano nella mano senza riuscire a smettere di ridere. Ora siamo oltre.

Ricambio il suo sguardo sorridendo e le rispondo tranquilla: «Sono venuta con Gabriel e dei nostri amici».

«Ah sì? E dove sono adesso? Sei qui tutta sola!»

«Li sto aspettando, stanno finendo il loro giro sulle montagne russe...» dico io prontamente, ma Zoe riprende subito a parlare, come se la sua domanda fosse solo un intercalare e non le interessasse davvero una risposta.

«Non vedo l'ora che venga il mio turno di salire! Ma hai visto che fila? Anche io sono qui con degli amici che sto vedendo da qualche settimana. Li ho conosciuti all'università e abbiamo iniziato a uscire insieme dopo che una sera, guarda, da morire dal ridere, avevamo appena finito di fare un lavoro di gruppo e ci siamo resi conto che era tardissimo, avevamo una fame incredibile e ci è venuto in mente che potevamo prendere una pizza d'asporto e farla arrivare direttamente in aula magna...»

Lascio scorrere le sue parole davanti ai miei occhi, la guardo mentre gesticola entusiasta come se si trattasse di qualcosa di unico, raro e prezioso. Quel suo modo di raccontare che pochi mesi fa trovavo tanto affascinante, ora mi sembra solo un susseguirsi di frasi per riempire i silenzi. Sono storie che non mi interessano più, sono vuote e per me non hanno nessuna importanza. Zoe va avanti con la sua avventura con la pizza d'asporto insieme ai suoi amici dell'università e, mentre parla, non si rende neanche conto che io ormai non la sto più ascoltando.

Quando il suo racconto finisce c'è un attimo di silenzio che viene subito riempito dalla canzone in sottofondo: *Heroes* di David Bowie. È come se il volume si fosse alzato, sento solo la canzone e le grida dei ragazzi sulle montagne russe.

Sorrido tra me e me pensando che se le dicessi quello che davvero sento in questo momento, la sua risposta sarebbe chiedermi qual è stato l'ultimo concerto a cui sono stata.

Sposto il mio sguardo oltre Zoe e noto in lontananza i miei amici che hanno finito il loro giro. Quando si accorgono dove sono finita mi fanno segno che gli gira la testa e scoppiano a ridere chiedendomi di raggiungerli.

Ascolto le parole di David Bowie come se si stesse rivolgendo a me:

We can be heroes, just for one day
We can be us, just for one day

Ciascuno di noi vorrebbe essere un po' un eroe, per un giorno o per tutta la vita, ma in fin dei conti chi l'ha detto che per diventare eroi dobbiamo allontanarci dall'essere noi stessi?

Solo adesso mi torna in mente quel pomeriggio a casa di Zoe in cui avevo espresso il desiderio di trovare il coraggio di salire sulle montagne russe, perché mi sentivo un po' stupida ad avere ancora certe paure.

«Dai, facciamo il prossimo giro insieme?» mi chiede Zoe.

Io do ancora un morso al mio zucchero filato, sorrido a Gabriel alzandomi per andargli incontro e la saluto: «Guarda, le montagne russe non sono proprio il mio genere e i miei amici mi stanno aspettando. Divertiti, ci vediamo!».

23

New York City, 16 giugno

Quando esco dalla porta sul retro del locale insieme alle ragazze della band, Kelsey si volta verso di me, mi stringe le spalle con un braccio e urla: «È andata alla grande! E adesso bisogna festeggiare la prima volta di Gemma su un palco vero!».

Tutte battono le mani e mi vengono incontro per un abbraccio di gruppo, poi Bethany si avvia ad aprire il portellone posteriore del furgone e, insieme, iniziamo a caricare l'attrezzatura. Ognuna prende qualcosa, tra microfoni e strumenti, e intanto continuiamo a chiacchierare e a ridere entusiaste della performance appena fatta.

Sento ancora il cuore che va a mille: è stata un'esperienza incredibile. Ci siamo esibite su un piccolo palco che però era circondato da un sacco di gente, è stato pazzesco sentire l'energia creata con la nostra musica, niente a che vedere con le altre volte in cui avevamo suonato a scuola di fronte ai nostri compagni. Le ragazze me l'avevano detto, ma solo ora che l'ho vissuto ho scoperto davvero quali emozioni puoi arrivare a provare trovandoti su un palcoscenico con le tue amiche e il tuo strumento. Sentire che sei parte di qualcosa di unico e che puoi condividere questa gioia con tutti quelli che ti stanno ascoltando!

Con una cassa tra le mani Ashley, la nostra cantante, mi sorride, e mentre facciamo l'ultimo viaggio verso il furgone mi chiede: «Come stai? Prima di iniziare eri bianca! Eri emozionata vero?».

«Lo ammetto, ero nervosissima!»

«E invece vedi, sei stata fantastica.»

Anche Kelsey ci raggiunge e mi lancia uno sguardo di complicità: «Dammi il cinque, sorella!».

È proprio vero: poco prima di entrare in scena ho sentito l'ansia salire sempre di più, cosa che mi capita davvero poche volte. Stavo per suonare insieme a ragazze che facevano questa cosa da tanto tempo, mentre io avevo ripreso in mano il basso solo da pochi mesi... Osservando le espressioni delle mie amiche, ho notato in loro tanta carica ed energia, voglia di spaccare tutto. Bethany si preparava con la sua chitarra, mentre Ashley faceva gli ultimi esercizi per schiarirsi la voce e Kelsey giocava con le bacchette della batteria sorridendomi divertita. Mi sono sistemata la tracolla del basso sulle spalle e in un'attimo eravamo sul palco, inondate da luci accecanti e immerse nelle urla e negli applausi. Sulle prime note di *Girl Can Rock* di Hilary Duff ho preso un grosso respiro e in un attimo l'ansia e l'incertezza sono scomparse lasciando spazio all'emozione del momento.

Quattro ragazze su un piccolo palco che suonavano, convinte, canzoni dal sound rock di cantanti tutte rigorosamente donne. Eravamo così agguerrite che era come se urlassimo «Girl Power!» a ogni nota. L'ultima canzone è stata un successo: *Girlfriend* di Avril Lavigne, che tra l'altro era la mia fissa di quando ero alle medie.

In questo momento stringo tra le mani una polaroid che ci siamo scattate poco dopo esserci esibite, tutte felici e ancora piene di adrenalina. Sarà un'esperienza difficile da dimenticare.

«Ehi Gemma, sei pronta per domani? Saremo dalle tue parti, a Williamsbourg!» mi chiede Bethany.

«Non vedo l'ora!» rispondo, e non potrebbe essere più vero.

Vorrei che il tempo passasse velocissimo per sentirmi di nuovo così viva e immersa nella musica come stasera.

«Dov'è che suonate la settimana prossima? Magari questa volta ce la farò ad arrivare in tempo per sentire tutto il concerto...»

«Kasper!» mi volto e appoggio la custodia del basso per terra accanto al furgone per corrergli incontro.

«Siete state spettacolari!» dice lui abbracciandomi, poi saluta le ragazze presentandosi e indicando a tutte noi la biondina che lo accompagna: «Ciao, io sono Kasper e lei è Hannah. Scusate se non ce l'abbiamo fatta in tempo per l'inizio del concerto ma questo nuovo lavoro è devastante... Vero, *baby*? Tuo padre è davvero un perfezionista!».

Hannah lo guarda con un sorrisetto appena accennato e non mi degna quasi di uno sguardo, come del resto la prima volta che ci siamo incontrate, in cui è rimasta praticamente tutto il tempo con la stessa espressione impassibile, scambiando con me solo qualche frase superficiale di circostanza.

Kelsey, che intanto con l'aiuto di Kasper ha finito

di sistemare le ultime cose sul furgone, chiude il portellone e mi lancia un'occhiata perplessa, come se anche lei – pur non avendoli mai visti prima – non riuscisse a capacitarsi dell'unione tra un ragazzo bello e simpatico come Kasper e una tipa come lei. Capisco che, in quanto rampolla di una delle famiglie più ricche della città, con il suo appartamento con vista sul parco e inviti alle serate più esclusive di New York, non sia abituata a uscire la sera per andare in un semplice club al Village a sentire una band di quattro ragazze che fanno rock, ma in fondo che ci fa una così con Kasper?

Ashley ha già preso posto sul furgone e dal finestrino ci chiama: «Allora, ragazze, non dovevamo andare a brindare?».

Mi rivolgo a Kasper e gli dico: «Noi andiamo a bere qualcosa da queste parti, volete unirvi anche voi?» e non mi soffermo neanche per un attimo su Hannah, immaginando già la sua espressione di disappunto per questo invito.

Lui sposta lo sguardo sulle mie amiche che mi aspettano per partire e poi mi sorride: «Ti ringrazio, *Brownie*, ma questa è la vostra serata. Goditela e noi ci sentiamo prestissimo!».

Mi abbraccia forte e poi si china per darmi un bacio sui capelli, visto che nonostante io stasera porti i tacchi resta comunque molto più alto di me.

Poi si avvicina al mio orecchio e sussurra in italiano: «Sei stata veramente fantastica, tu sei nata per fare musica!».

Io subito gli rispondo in inglese con tono altezzoso: «*I know*!» e scoppiamo a ridere.

Mi avvio verso il furgone già acceso e lui resta lì fermo a guardarmi, anche se Hannah sembra tirarlo per la mano. Dopo aver preso posto sul sedile posteriore, apro il finestrino per salutarlo con la mano, intanto Bethany ci chiede ridendo, imitando il classico tassista rude newyorkese: «Dove vi devo portare, fanciulle?».

Ashley dal sedile accanto a lei si volta verso di noi e dice: «È già l'una e mezza, dove lo troviamo qui in zona un posto che ci dia qualcosa di decente da mangiare?».

Kelsey, accanto a me, si sistema cercando spazio tra l'attrezzatura che ci schiaccia e ci tiene vicine, quasi le sono in braccio. Alza le spalle pensierosa: «Non mi viene in mente niente qui intorno...».

Improvvisamente mi ricordo di un locale carino

che rimane aperto fino tardi, sono certa di non sbagliarmi anche se non ho idea dei nomi delle strade che stiamo percorrendo: «Beth, prova a girare alla prossima a destra e poi lì a sinistra, all'incrocio con la 3rd Avenue... che ve ne pare?».

«Perfetto!»

«Vero, non ci avevo pensato, è il Please Don't Tell, vero?» mi chiede Ashley che ha riconosciuto il posto.

«Esatto!» rispondo io tutta soddisfatta, ricordandomi di quando Kasper mi aveva portato alla scoperta dell'East Village.

Un suono leggero proveniente dalla mia borsa mi avvisa che ho ricevuto un nuovo messaggio. In questo momento, però, tutto ciò che voglio fare è liberare la mente e non pensare a nulla.

Mi volto verso Kelsey che mi sorride spingendomi con il gomito: «Chi l'avrebbe mai immaginato che doveva essere un'italiana a suggerire il posto migliore dove andare? Certo che ormai sei diventata più newyorkese di me...» mi guarda intensamente e aggiunge: «Tu sei sempre piena di sorprese, Gemma».

Ricambio lo sguardo con un sorriso complice e poi mi giro verso il finestrino a osservare i palazzi imponenti ai lati della strada. Le luci delle insegne pubblicitarie, le persone vestite di tutti i colori che attraversano la strada non curandosi del traffico, macchine e taxi che riempiono le vie anche se è notte fonda... è una città che non va mai a dormire.

Circondata da tutto questo caos mi sento, forse per la prima volta, davvero nel posto giusto.

24

Aeroporto di Malpensa, 16 giugno

Come al solito mio papà riesce sempre a trovare delle radio una più brutta dell'altra.

«Dai, papà, adesso metto un po' di musica io dal telefono, così cantiamo.»

E subito sento Gabriel entusiasta dal sedile posteriore: «Sì, Luna, assolutamente! Mettiamo i Tokio Hotel!».

Ma io mi volto verso di lui per controbattere ridendo: «No, Gabriel, basta! Me li fai ascoltare sempre, ormai non li sopporto più!».

Samanta, seduta accanto a lui, gli dà un pugno scherzoso sul braccio e interviene dicendo: «Non lo dire a me, in questo periodo è fissato. Da quando ha ritrovato i vecchi cd che collezionava quando era alle medie, a casa non riusciamo a sentire altro!».

Allora mio papà taglia corto: «Mi domando come possiate andare in vacanza insieme, se non riuscite nemmeno a scegliere che musica ascoltare!». Lancia un'occhiata divertita a Samanta nello specchietto retrovisore e le dice con tono solenne: «Samanta, come sorella maggiore nonché responsabile di questi due minorenni sciagurati puntavo tutto su di te, ma non so se ho fatto bene ad affidarti la mia principessa!» lasciando il volante con una mano per darmi una carezza sui capelli con espressione compiaciuta.

Naturalmente so benissimo che papà deve sempre scherzare e fare il brillante quando si trova con i miei amici, non smette di fare battute e buttare tutto sul ridere. In realtà ormai conosce abbastanza bene Gabriel e la sua famiglia, infatti, anche se questo viaggio è stato organizzato letteralmente in due giorni, lui ha deciso di darmi comunque il permesso, cercando di convincere anche la mamma che era meno entusiasta dell'idea.

«Anzi, facciamo così: ora decido io, spegniamo questa radio così approfitto per chiederti una cosa, Samanta.»

«Certo, mi dica pure!» gli risponde lei cercando di fare la seria mentre Gabriel le fa il solletico per farla ridere.

È sempre così tra loro, hanno un bellissimo rapporto e sono sicura che ci divertiremo tantissimo insieme. Samanta è più grande di noi ed è una persona super in gamba che lavora, viaggia tantissimo e studia all'università, ma quando si tratta del suo fratellino lo vizia più che può! Forse perché è il più piccolo dei fratelli, Samanta ed Emily hanno sempre un occhio di riguardo per lui e vanno molto d'accordo. Vederli così complici per me è meraviglioso, visto che sono figlia unica.

«Dovete spiegarmi meglio che cosa avete combinato.»

E io intervengo: «Ma papà, te l'ho già detto mille volte!».

«Certo tesoro, ma sinceramente non è che ci abbia capito molto. Magari la tua amica, essendo più grande e quindi teoricamente anche più matura di voi, riuscirà a farmi comprendere meglio come avete fatto a organizzare in due giorni un viaggio di un mese a New York e partire nel giro di due settimane!»

Samanta risponde cercando le parole adatte, da sorella maggiore preparata e responsabile: «Be', in realtà in gran parte avevamo già organizzato tutto da tempo, ma poi Emily si è fatta bocciare a un esame decisivo per il suo corso. Dovevamo partire noi tre fratelli, ma lei si è giocata il viaggio, i nostri genitori erano furiosi!».

«Quindi Luna devi ringraziare lei! È merito suo se ora tu sei qui, mi raccomando ricordati di prenderle un souvenir della Statua della Libertà quando siamo lì» aggiunge Gabriel divertito.

«Devo ammettere che mi dispiace per Emily» dice Samanta. «Ma su questo i nostri genitori sono proprio intransigenti e, d'altra parte, ci poteva pensare prima pure lei! Poteva studiare di più se ci teneva davvero a venire.»

«Comunque siamo felicissimi che Luna abbia preso il suo posto!»

«Anch'io!» rispondo trattenendomi dal saltare sul sedile per la felicità.

«Anche a me fa molto piacere che stiate partendo tutti insieme» interviene mio padre. «Farete una bellissima esperienza e vedrete come migliorerà il vostro inglese stando lì un mese intero! Un po' vi ammiro, perché per noi da ragazzi sarebbe stato quasi impensabile riuscire a organizzare da un giorno all'altro un viaggio dall'altra parte del mondo.»

Gabriel si sporge da dietro appoggiandosi sul retro

del mio sedile per venirmi vicino e dice con tono un po' malizioso: «Sa, a volte si fanno davvero delle pazzie nella vita, ma sono le esperienze migliori».

Io capisco a cosa si sta riferendo e di certo non sta pensando alle visite ai musei che sicuramente faremo, infatti lo guardo dallo specchietto come per dire: "Non aggiungere una sola parola o ti ammazzo!".

Per fortuna, però, mio padre non sa niente e non può immaginare cosa ci sia sotto a questa mia partenza dell'ultimo momento, infatti annuisce e dice solo: «Sì, hai ragione Gabriel, è proprio vero. L'importante è che non esageriate, con le pazzie!».

Intanto siamo già arrivati in aeroporto, scendiamo tutti dalla macchina, prendiamo i bagagli e io vado a salutare mio papà. Lo bacio e lui mi abbraccia forte, poi mi guarda negli occhi tenendomi le braccia con le mani e mi dice: «Tesoro divertiti, so quanto ci tieni e sono certo che andrà tutto benissimo. Vedrai, sarà un'avventura che resterà sempre a far parte di te, quindi goditela e stai tranquilla».

Poi il suo viso si fa più serio e mi parla con un tono che forse non aveva mai usato prima d'ora con me: «Ti ho osservata molto in questi mesi, Luna. Vedo quanto sei cresciuta e non mi serve sapere tutti i particolari delle esperienze che hai vissuto. Sono già orgoglioso di te per come stai affrontando ciò che ti accade giorno per giorno, sono felice della persona che pian piano stai diventando».

Nel dirmi questo gli si incrina la voce come se si fosse commosso un po' e, d'impeto, questa volta sono io ad abbracciarlo. Poi lui mi porge il mio trolley e sorride: «Vai dai tuoi amici e divertiti, principessa! E mi raccomando, ricordati di scrivere ogni giorno almeno un messaggino alla mamma che altrimenti mi fa una testa così!».

Passiamo subito i controlli del check-in e, appena ci accomodiamo in un'area di attesa vicino alle enormi vetrate, Gabriel dice: «Dai, facciamoci un selfie, così lo metto subito su Instagram!».

Lo fulmino con lo sguardo e gli rispondo ironica: «Certo, Gabriel, mi sembra un'ottima idea! Facciamo la foto, poi la posti e Gemma la vede, era proprio quello che volevo, no?».

«Oddio sono proprio stordito, me n'ero dimenticato! Lo sai che quando mi sveglio presto la mattina non capisco niente! Va bene, allora facciamoci una foto e ti giuro che la invio solo a Diego, non andrà da nessun'altra parte.»

Dopo aver scattato il nostro selfie, Gabriel inizia a cercare con la telecamera del telefono l'angolo migliore dell'aeroporto per immortalare il suo biglietto con lo sfondo della pista di atterraggio. È sempre il solito: non può resistere senza aggiornare i suoi social! Lo lascio fare perché l'unica cosa che a me importa è che i suoi post non includano anche me, visto che Gemma ancora non sa che sto partendo anch'io con lui.

Samanta si alza e dice assonnata: «Scusate ragazzi, ma mi addormento qui in piedi se non bevo un altro caffè, vado un attimo al bar. Lascio qui le valigie, guardatemele voi. Anzi, volete qualcosa?».

Io dico di no e Gabriel invece risponde: «Sì, ti prego, anch'io voglio un caffè, me lo porteresti tu, per favore?».

«Va bene!» esclama la sorella allontanandosi con un sorriso.

Io e Gabriel rimaniamo soli e lui mi guarda come se non vedesse l'ora di parlarmi in modo più sincero e, infatti, mi chiede subito apertamente: «Be'? Come ti senti?».

D'istinto vorrei minimizzare la situazione dicendo una frase qualunque del tipo: «Ma sì, tutto okay, ho un po' sonno», poi però mi dico che non c'è motivo di nascondere i miei sentimenti, non ho bisogno di fingermi tranquilla se non lo sono. Così faccio un lungo respiro e poi rispondo buttando fuori tutta l'aria: «Gabriel sono in ansia, aiuto!».

Lui sorride e mi chiede: «Cos'è che ti fa paura?» anche se forse conosce già la risposta.

Dandogli un colpetto con la mano sul braccio esclamo: «Dai, Gabriel, lo sai già!».

Lui si limita a guardarmi con un'aria ironica e dolce, ma capisco perfettamente che vuole farmelo dire ad alta voce. Provo a resistere nel silenzio ma so quanto Gabriel può essere testardo, quindi alla fine esplodo: «Sì, è Gemma!».

Sorrido non appena mi rendo conto di averlo detto davvero.

«In questi giorni non ho pensato ad altro che a questa partenza, ho immaginato questo momento mille volte nella mia mente. Ora che, però, siamo usciti dai miei sogni e siamo qui, in questo aeroporto, e tutto sta diventando sempre più reale, mi sento come se stessi per fare un salto nel vuoto. Riesco solo a ripetermi che è stata una follia prendere il biglietto e decidere di andare a New York senza avvisare Gemma, non sapendo quale reazione potrà avere. Magari non tutti amano le sorprese... Ho paura che sia arrabbiata e che non voglia più parlarmi dopo quell'incontro in piazza Duomo.»

«Ti capisco, Luna, ma devi ammettere che non è la prima pazzia che fai, o sbaglio?»

Alle sue parole sorrido, perché davanti ai miei occhi iniziano a scorrere come un film tutte le scene dei momenti assurdi che ho vissuto negli ultimi mesi. Continuano, una dietro l'altra, andando sempre più indietro nel tempo, finché non mi sorprendo davanti a un'immagine che avevo quasi dimenticato.

Io che sono a Londra e prendo la metropolitana di nascosto per andare al concerto, arrivo correndo all'arena e prendo posto nel buio tra la folla, le luci che improvvisamente si accendono e la musica ad alto volume che riempie ogni angolo del mio cuore. Una ragazza con i capelli neri che riconosco tra le persone che urlano e applaudono...

La sera in cui ho vissuto con Gemma una delle emozioni più forti della mia vita.

«E se mi avesse dimenticata?» dico io con un filo di voce guardando Gabriel negli occhi.

«Luna, non dirmi che vuoi tirarti indietro» mi risponde conoscendo già la mia risposta.

Stringo i pugni e scandisco ogni singola parola in modo deciso: «O va o non va, ma almeno ci avrò provato».

A queste parole Gabriel si apre in un sorriso gigante, annuendo compiaciuto come se volesse staccarsi la testa dal collo.

Arriva Samanta portandogli il caffè e io mi volto per seguire gli aerei che, allineati sulla pista, uno a uno decollano verso chissà quale Paese nel mondo.

Questo anno di scuola è stato lungo come non era mai successo prima. Mi rendo conto che tutte le esperienze che ho fatto con Zoe e con le sue amiche sono state indispensabili per capire cosa voglio veramente. Su quella famosa lista dei desideri ho sempre evitato di aggiungerne uno, perché sapevo che sarebbe andato direttamente al primo posto. L'ho sempre ignorato, ho cercato di nasconderlo nel posto più remoto del mio cuore. Ciò che voglio in questo momento, più di ogni cosa al mondo, è partire per raggiungere Gemma e tentare con tutta me stessa di riconquistarla.

Forse non so ancora quantificare i sentimenti che provo per lei, ma sicuramente ora so dare loro un nome: è amore.

Qualsiasi cosa succederà, l'importante è che in un modo o nell'altro io ci abbia provato.

Ora siamo davvero pronti per partire. Siamo già seduti sull'aereo e sto per passare a Gabriel il mio zaino da mettere nella cappelliera, ma prima voglio prendere telefono e cuffiette che sono indispensabili per il viaggio.

Aprendo lo zainetto intravedo la mia cartellina degli schizzi. La guardo come se tra noi ci fosse una complicità: ho deciso di portarla con me per regalarla a Gemma.

Resto per un istante con la mano poggiata sulla copertina azzurra come per infondere ai quei piccoli foglietti un pizzico di magia e, anche se accade tutto nella mia mente, è come se sussurrassi: "Quando arriverete da Gemma so che saprete spiegarle meglio di me quanto io abbia pensato a lei e quanto il mio cuore sia stato per tutto questo tempo come una scatola in cui custodire tutte le piccole cose che di lei non ho mai dimenticato".

Poi prendo il cellulare per scegliere la musica e guardo l'orologio che segna le nove e mezza del mattino. Mi chiedo che ore saranno a New York, chissà se Gemma è già andata a dormire o magari è uscita ed è ancora fuori.

Infilo solo una cuffietta nell'orecchio aspettando il decollo e guardo fuori dal piccolo finestrino con il cuore che batte. Sento le voci di Gabriel e Samanta che discutono, ridendo, per decidere quale film guardare.

Apro Spotify per scegliere cosa ascoltare e il mio sguardo cade subito sulla fine dell'elenco degli artisti. Ormai non ho più paura dei ricordi, sono pronta ad affrontare tutto, così premo decisa sul nome One Direction e faccio partire *Back For You*.

Un attimo prima di mettere il telefono in modalità aereo, ho un impulso fortissimo che non riesco a contenere. Ormai non c'è più tempo, lo sportello è già chiuso e il segnale delle cinture è acceso.

Automaticamente, quasi senza pensarci, apro la chat con Gemma pensando a tutto quello che poi vorrò dirle quando la incontrerò.

Digito velocemente una parola dietro l'altra e poi mi perdo nei miei pensieri.

«*Lately I've been going crazy, so I'm coming back for you.*»

La playlist di Luna

Problem, Ariana Grande
Rear View, Zayn
Bright Lights, Thirty Seconds to Mars
Teenage Dream, Katy Perry
A Kind of Magic, Queen
Heroes, David Bowie
Back For You, One Direction

La playlist di Gemma

Suburbia, Troye Sivan
You Don't Understand Me, The Raconteurs
Break the Rules, Charli XCX
Colors, Halsey
DKLA, Troye Sivan
Girl Can Rock, Hilary Duff
Girlfriend, Avril Lavigne

Le #piccolecose
che ho disegnato per te

Coffe
bar

I Know yo
the sound of you
you never want to kn
you still have to squeeze
into your jeans
but you're perfect to
ME

Finito di stampare nel mese di marzo 2017

presso Grafica Veneta - Trebaseleghe (PD)

Printed in Italy